言葉の味
人生を豊かにする秘密のゲーム

Le Goût des mots
Françoise Héritier

フランソワーズ・エリチエ 著
井上たか子 訳

明石書店

Françoise HÉRITIER:
LE GOÛT DES MOTS
© ODILE JACOB, 2013
This book is published in Japan
by arrangement with ODILE JACOB,
through le Bureau des Copyrights Français, Tokyo.

フランシス・ヴェゼール[*]に捧げる。
彼との会話は甘美な芸術だった。

[*] Francis Wayser. 前作『人生の塩』107 頁にも、「繊細で注意深いフランシスと会話して何時間も一緒に過ごす」という一節がある。また、次作『日々の流れのままに』(*Au gré des jours* 未邦訳) も彼に捧げられている。

目　次

ゲームの開始 ……………………………………………… 5

第一のルジストル ……………………………………… 49

第二のルジストル ……………………………………… 97

ゲームは終わらない …………………………………… 189

訳者あとがき …………………………………………… 191

【凡例】

・訳者による語注、補足は文中に＊数字を付し脚注に示すか、文
中の〔　　〕内に示した。

ゲームの開始

前作『人生の塩』に続いて、またもや新たな「ファンタジー」に挑戦してみようと思う。ところで、今回わたしが身を投じるのは、実のところ、一見そう思えるよりは、おそらくずっと真面目なものである。このファンタジーは、子ども時代に会話のなかで新しい言葉に出会ったときの驚きと深く結びついている。新たな言葉の発見は、初めてジャムやキャンディーを口にしたときに似て、同じように現実の味がしたものだ。注意しておくが、ここで問題にしているのは話し言葉、声に出し、耳で聞く言葉である。やがてすぐに字を習って、視覚でしっかり裏打ちされるわけだが。次に問題になったのは、他者との関係である。子どもは、それから大人も、人に聞いてもらい理解してもらわなければならない、そして、人の話を聞いて理解する努力をしなければならない。しかし、とりわけ問題だったのは、わたしたちの頭のなかで勝手に回転するあの気ままな言葉、言い換えれば、あの饒舌な「パルリュール[*1]」（書き言葉の場合にエクリチュールと言うように）である。このパルリュールはいったいどのように機能している

[*1] 「エクリチュール écriture」が書き言葉による表現方法やスタイルを言うのに対して、「パルリュール parlure」は話し言葉による表現方法のことを言っている。

のか、わたしはそれを知りたいと思うのだ。最初に浮かんだ疑問は、実際に答えを求めるというよりも、以下のようなごく基本的なものだった。わたしが、思考のプロセスやこの飽くなきパルリュールのプロセスをできるだけ正確に把握しようと試みるとき、わたしの頭のなかではいったい何が起きているのだろうか。わたしが理解するのは、聞いている言葉なのか、それとも見ている言葉なのか、心のなかでつぶやく言葉なのか、単に頭のなかにあるのではなく、口にする言葉なのか、それらの言葉は単独で浮かんでくるのか、それとも必ず他の言葉に捉えられて、果てしなく連鎖しているのだろうか。それらの言葉はいくつかの音あるいは文字、それともそれぞれ明確に分離されたままの音素や、頭のなかで言ってみる綴り字からなる全体的なイメージなのか、まるで野生の馬が決して単独では走らないように、互いに全速力で入れ代わる集合体なのだろうか。

　わたしには提出できるだけの決定的な答えはない。そうなのだ、もしわたしがパルリュールに出てくるように命じても、慣用に従って書き留められ視覚化された言葉が出てくる。もしわたしが意識的に努力してパルリュールを前面に呼び出さないようにしても、それでもやはりパルリュールはそこに存在しているのだろうか。この内面のパルリュールの出現において、意味の組み立てとは別に、気づかれないほど機械的な無意識の何かが起きているのだろうか。その場合でも

本当に思考が問題になっていると言えるだろうか。というのも、わたしたちがよく知っているように、日常生活においてこうした意味の組み立ては、念入りに練り上げられ組織化された意識的思考よりも、どちらかと言えば、感情的状態や情動（それはわたしたちの内的生活と外的生活の両方に作用するものである）によって生じるからだ。

　読者ご自身の経験ではどうだろうか。生まれつつある思考の捉えどころのないほど細い糸をうまくつかまえることができるとして、その糸を心のなかで明確に結び合わせていると感じるだろうか。それとも、たとえばテレビなどで使っている原稿表示装置〔プロンプター〕、あるいは唇の動きを読み取っている感じだろうか。あるいはまた、自分のなかに誰かがいて、そのおしゃべりな誰かに操られている感覚だろうか。また時には、まったく直観的・直接的な反応をすることはないだろうか。たとえば、お腹が引きつるような痛みを感じたり、鳥肌が立つほどぞっとしたり、何かを思い出してうすら笑い（時折、通りを歩いている人の顔に浮かぶのを見ることがある）を浮かべたりはしないだろうか。

　こうした大きな疑問に対して、個人的な経験に由来する確たる答えはもっていない。けれども、わたしはあるアフリカの言語の、読み書きを知らない〔無文字言語の〕話者たちの間で過ごすという特別な経験に恵まれた。この言語のユニーク

な点は、フランス語にはないものだが、高さの異なる抑揚をもっていることである。たとえば、tyiri という語彙は、抑揚なしにただ書いただけでは分からないが、抑揚をつけることによって五つの根本的に異なる意味（首長、低木林、腎臓など）を帯びることができる。わたしのほうではそれらの意味の違いを抑揚ではなく文脈で識別していたので、誤解が生じたのはたいていの場合、わたしが話すときだった。このことは、わたしの話し相手を啞然とさせた。彼らには、耳で聞くと明らかに、根本的に異なる二つの語をどうしてわたしがそんなふうに混同できるのか理由がまったく分からなかったのだ。わたしがその語彙を書かれたかたちで理解していたのに対して、彼らはそうではなかった。彼らの判断を導くのは聴覚のみであって、視覚ではない。もちろん内面の視覚でもない。こうしてわたしは、一つの後天的特質（音を文字に置き換えること）が、語彙を区別したり聞き取ったりする仕方に重要な役割を果たしていることに気づいた。子どもがエクリチュールに移行することは、その子ども一人ひとりの現実認識において画期的な瞬間であるに違いない。わたしはこうした経験から、より包括的に、かつ仮定として、次のように結論する。エクリチュールという大発見、すなわち音声を聴覚とは別の感覚によって認識できるかたちで、それらの音声に相応するものによって文字化する方法の発見は、人類に、知識を記録し、保存し、伝達し、たとえ空間的・時間的に遠く隔てられていても人間同士のコミュニケーションを可能にするという

驚くべき能力をもたらしたが、それと同時に、別の方法で伝達しえたことを一つのかたちに優先的に方向づけたのだ、と。わたしたちの脳はこの方向づけに容易に適応した。つまりわたしは耳で聞いて理解するのと同じように、書かれた語も目で見て理解する。ところがそれは、一つの喪失でもあるのだ。なぜなら、わたしたちはともすれば、耳にする音声のなかで、書くことによって意味を与えられる音しか聞かなくなるからだ。その結果として、おそらく想像力の枯渇が生じた。もはや子どもたちに生の話を語って聞かせる必要はなくなり、本を手に取って読んでやれば十分なのだ。それとともに、想像的なものがフォーマット化される。つまり、子どもたちは、ある文化や時代において、一律に同じ物語を受け取ることになるのだ。こうしたことから二つの疑問が生じる。一つは、わたしたちには、かつて人類がもっていたように、エクリチュールを知る前の子どもがもっている、音声を基に意味を創り出す能力、そうした能力から何か残っているのだろうかという疑問。もう一つは、こうしたフォーマット化はわたしたちの身体においてどのように機能するのだろうかという疑問である。

　こうした基盤に立って自分の子ども時代を振り返ってみると、わたしはかなり早い時期に、これからお話しするとても興味深い二つのルジストルを区別していた。「ルジストル」という語には通常二つの意味が含まれている。記録すべき

データをリストにした記録簿という意味。それから、わたしたちがあるものに与える方向性や調子という意味だ。たとえば、声の音域（ルジストル）というときのように。ではわたしが区別していた二つのルジストルとは何か。第一のルジストルに入るのは、普通の言葉だが、わたしにとっては、広く一般にその語に与えられているのとは異なる意味、異なる定義を帯びている語である。したがって、たとえわたしがそれらの語の普通の使い方を知っていても、それらの語はわたしにだけ違う仕方で語りかける。かくしてそれらの語は一種の超現実を創り出して、そのなかで、わたししか知らない秘密の意味で、存分に花開く。わたしは確信しているのだが、こうした実際のものとは異なる名前や定義を与えるという過激なゲームを、誰でも皆、多かれ少なかれ頻繁に、程度の差はあれ真面目に楽しんでいるに違いない。そうした命名や定義のおかげで、わたしたちは現実のなかにその真の特性を発見するのである。第二のルジストルには、逆に、秘密の意味ではなく、広く一般に用いられている意味が登録される。それらは、まるでわたしたちが身体になじんだ洋服を身につけるように、何のためらいもなく用いている既成の表現、慣用句である。こうした言葉は通常の、文字通りの意味で理解しなければならない。それらはまさしく「既成の」（プレタポルテの）表現であり、同じ言語を用いるすべての話者に「共通の」、即座に意味の通じる言い回しである。賢明なる読者は気づかれたと思うが、いまわたしはこうした既成の表現のなかか

ゲームの開始

ら、prendre au pied de la lettre[2]《文字通りの意味で理解する》と au quart de tour[3]《即座に》という二つの表現を用いた。こうした表現はわたしたちにとって常に有益であり、話し言葉にも書き言葉にも、どこにでも忍び込む、まるで電光石火の凝縮表現[4]である。こうした表現はどこから来てどこへ行くためのものなのか。これがこれから論じようと思っている問題であり、先に述べたもう一つの問題——自分のためだけの、自分だけが用いるための、現実を超越する表現を創り出したいという個人的欲求の問題——と対をなすものである。

　読者は後ページにこれら二つのルジストルの具体例をご覧になるだろう。「第一のルジストル」は、わたしが現実についての絶えざる創造的探求のなかで直観的に言葉に与えた定義、わたしに固有の定義のリストである。もう一つの「第二のルジストル」は、逆に、既成表現の巨大な集合体の一部分（ほんの一部分）である。それらの既成表現は、格言でも諺でも、警句でも隠語でもなく、わたしたちフランス語話者が共有する確かな基盤の上で意思疎通するのに役立っている。どちらのリストも、アルファベット順にも内容別にも、その他のいかなる方法によっても分類していない。わたしは、言葉の、この詩的で休みなく動き回るダンスのような雑然とした

＊2　日本語に直訳すれば、「文字の足元で捉える」。
＊3　同様に、直訳すると、「四分の一回転する間に」。
＊4　「凝縮表現」raccourci には「近道」という意味もある。

11

性質をそのまま保ちたいと願った。なぜなら、そうした一見無秩序なもののなかにこそ、わたしたちの精神に働きかける魅力、こうした創造を産み出すメカニズムの鍵があるからだ。それらの言葉は、頭に浮かんだときのまま、しばしば不規則に、そこにある。そのほうが絶対的断絶と結合の両方に注目することを可能にし、注意を引くのではないかと願っている。

　最初に、第一のルジストルについて話したい。言葉に対するこうした嗜好——言葉の輝き、艶、ざらざらした感じ、そして、言葉とそれらの言葉が表現する現実との一致具合に対する嗜好について話したい。子ども時代に経験した真実は、大部分が理解不能の真実であり、心を騒がせるものである。なぜいくつかの音節（意味をもたない音素）どうしの独自の組み合わせや響き、そしてその集合体が、同じ言語を話すすべての人々によって暗黙のうちに承認され共有される一つの意味、共通の意味をもたらすのだろうか。これは、学者ぶると、有名な所記（対象物）と能記（それを名指す言葉）の関係についての問題である。わたしはここで言語学者として論じるつもりはない。だいいちわたしは言語学者ではない。意味論研究者としてあるいは脳科学の視点から論じるつもりもさらさらない。わたしにはそうしたことについての知識はほとんどない。わたしが理解したいのは、いくつかの語を前にして時折り襲われるぞくっとするような衝撃、そうしたときの、事物とそれを表す語の緊密な結合がわたしにもたらす奇妙な感じ

についてなのだ。というのも、すべての語が同じように扱われるのではないからだ、まったくそうではないのだ。なぜ他の語ではなくいくつかの語がわたしを唖然とさせるのか、なぜそれらの語にそれらの語がわたしにとってそうであるものを、つまり、それらの語がわたしに与える印象によればそれらの真の意味であるものを是非とも与えたいと思わせるのか、それがわたしには分からないのだ。

　実は、わたしは言葉を三つのカテゴリーに分類している。一つ目のカテゴリーには、普通に使われている、まっとうで、意外性のないもので、言葉の響きと事物とがぴったり一致するすべての語（おそらく大部分の語）が分類される。たとえば、vache〔雌牛〕、éléphant〔象〕、bassine〔深鍋〕から始まって、sarcasme〔皮肉〕、rugir〔吼える〕atermoiement〔優柔不断〕、criard〔騒々しい〕、épouvante〔恐怖〕、efficacité〔有能さ〕、écrabouiller〔粉砕する〕、rabrouer〔がみがみ言う〕、absolu〔絶対的な〕、limpide〔澄みきった〕、cavalcade〔騎馬パレード〕、miracle〔奇跡〕、savoureux〔美味な〕、s'esclaffer〔爆笑する〕、s'ébaubir〔浮かれる〕等々。そこには確かに現実の世界がある。これらの言葉は現実をまるごと描写するためにある。

　二つ目のカテゴリー、わたしを唖然とさせるカテゴリーには、言葉と事物が似ても似つかない、似合わない、奇妙にぐらつく語が入る。いったいなぜだろうか？　たとえばarmoire〔開き戸のついた整理戸棚〕という言葉。わたしが子ども時代に見たサフラン色〔黄色の一種〕の織物で裏張りをしたブルゴー

ニュ風のどっしりした物体に似つかわしい、深く、暗い、そして絹のような響きをもつこの語に対して、わたしが抱くのは疑念と不安と驚嘆の関係である。いったいどんな奇跡によって、この語がシーツやテーブルクロスやナプキンを片付けるための単なる木製家具を意味することができるのだろうか。この言葉の響き、この言葉の綴り字は、それとはまったく別のものを連想させるではないか。硬く重々しい ar という響きは危険に満ちた深淵へと通じている。戸棚の扉を開き、肘金がきしむのと同時に、子どもはその深淵を前にして、恐怖で怯え、興奮する。子どもには分かっているのだ。もし目の前に開いている未知の深みに身を投じようものなら、すべてが、恐怖さえもが、手探りでしか判別できないような不透明な世界にはまり込んでしまうだろうということが。幸いにも、神々しい光の可能性へと通じる moire がある。そして、moire が投影する水の反射には、祖母の家のブルゴーニュ風の armoire の扉をおののきながら開いた、あの祝福された子ども時代の夏の心地よさが宿っている。

　このように、armoire という語は単にその整理戸棚という意味だけを示して終わりというわけにはいかない。同様に、cuiller〔スプーン〕も、塩味のする土〔cui〕と錆びた鉄〔ller〕の、乾燥した響きをもっていて、わたしたちが口に運ぶ恵み深い道具を名指すだけにとどまってはいられない。あるいはまた rue〔道〕は、くすんだ緑色の水のたまったあの大きな溝なの

であって、その短い響きで、どの国の大都市もが提供する賑やかな景色や、死んだような村々を横切る人気のない土地の広がりを一様に名指すだけにはいかない。

　もちろん、語源学がこうした不思議さに解答を与えてくれると考えることも可能である。しかし、そうではない。ここで問題にしているのはそういうことではない。確かに語源学的知識は、複数の言語に共通する表現の系譜や共通性に関してわたしたちを納得させてくれる。語源学的知識は、文字や音素の組み合わせの特殊な類型についての理解を与えてくれる。しかしそれは、言語の感覚的・身体的な起源や、音声が大多数の人間に感じさせる刺激にどう対応しているのかといったわたしにとって本質的な問題を時代の彼方へと押しやってしまうだけなのだ。

　それでは、三つ目のカテゴリーとは何か。それはわたしだけの特別なカテゴリーで、そこには、普通の意味とは異なる、わたしだけのための意味をもつ言葉が含まれる。そうした言葉はたくさんある。後ページの第一のルジストルのところに未完成ではあるが一覧表を作成するつもりである。もっとも、それらの語の意味は時の経過とともに何らかの変化を免れない。重要なのは、あまり使われない珍しい語との初めての出会い、喜びに満ちた出会いのときに生じた意味であり、（たとえば superfétatoire〔余計な〕、flagornerie〔へつらい〕、procrastination〔先

延ばしにする癖〕、mâchicoulis〔マシクリ：城壁の上部に設けた持ち送りの床面に開けた穴〕、vergogne〔羞恥心〕……のような語に出会えるということはなんという喜びだろう）、それは、とりわけ感覚の領域において、わたしが最も忠実に表現しようと試みている意味である。しかし、秘密の意味をもつ語の大半は普通の語である (soudain〔突然に〕、balai〔箒〕、caresse〔愛撫〕、cahier〔手帳〕……)。わたしは、誰もが心の奥底に、こうした自分だけのために再構成した言葉の小さな宝庫をもっているに違いないと確信している。

　こうした仕事のすべては、感応力、つまり、光のなかに浮かび上がってきた言葉にもう一つ別のアイデンティティを描き出す力を保っているかどうかにかかっている。そうした感応力は、無言の小さな結晶のように、あるものは鋭く角ばっていて、あるものはサテンのように滑らかで丸みを帯びているが、それらがまとまって、身体や精神の記憶を形づくる。これらの無言の小さな結晶の一つひとつに触れてみることが必要だ。心のなかの小さな声はそのとき、雄弁な、幻惑にとらわれたかのような、高圧的な声になり、もはや尽きることがないように思われる。こうして目を覚ました精神は、まるでアメリカ中西部の丈の高い草に覆われた広大な平原——風が、絶えず更新され多彩に変化する地図のようにさまざまな形を描き出すあの広大な平原のようになる。そして奇跡が起きる！　時として風が止み、一瞬、一つの形が空間にはっき

りとあらわれるのだ。突然、瞬間的な意味があらわれる。こうした植物の海原の戯れのように隠れた意味が浮かんでくるのを、わたしは待つ。ナタリー・サロートも同じことをしているが、彼女の場合は逆に、対象がわたしたちに与える感覚を掘り起こすことによって、ある物体を表す言葉、忘れてしまっていた言葉を思い出そうとする。

　「壁、敷石、草、ベンチが少し非現実的で、あやふやなものになった……それらは、その樹がくっきりと浮かび上がるために、大急ぎで仕立てられた背景にすぎない……。名前の分からない一本の樹、不思議な一本の樹……その樹が何なのかどうしても明らかにしなければならない、あきらめてはいけない、もっともっと問いかけなければならない。しっかり視界に留めておかなければならない、そのざらざらした細い幹、羽飾りのように、帽子の羽飾りのように盛り上がった房状の花で覆われた枝……、その樹を包囲し、猛攻を加え、問い質さなくてはならない……、でも、何も出てこない、その樹の名前を思い出させてくれるものは何も、ほんのわずかな手がかりさえも出てこない……。」

　「その樹のまわりのものすべてが消え失せて、ここにはその樹に属するものだけ、それしか残っていない、だから、それを注意深く仔細に調べなければならない、その樹を他のすべての樹と区別するものはそれだけなのだから、それだけがその樹に固有のしるしなのだから……うすいバラ色の花のつ

いたこれらの枝……ふんわりとした、綿毛のような花……これらの花は樹のまわりを揺れ動き……うすい靄のように樹を取り囲む……。何かが凝縮されて、わき出てくる……これは何だろう。それは何か楽しいもの、そう、何か陽気な……笑い声、リ……リ……。タマリス……疑う余地がない、タマリスだ……突然、すべてがよみがえる……タマリスの樹だ。」（ナタリー・サロート『ここで』）

　中断符〔……〕を挟みながら、ナタリー・サロートの記述は、埋もれていた思い出の痕跡から発して、不確かで、詮索好きで、執拗な記憶、そうした記憶の跳躍が繰り返されるなかで形成されていく。そこには、急転回、迂回、回帰の技法も取り入れられる。さまざまな技巧——たとえば、揺れ動くうすいバラ色の綿毛のような花といった、ディテールに視線を集中させる手法——が駆使されて、それによって、周辺にただよっている切れ切れの断片——別々の領域に属しているのだが、いつの間にかそこに集まってきた断片——が表面に浮き上がり、結合し、ぴったり組み合わさることを可能にする。こうして、うすいバラ色の綿毛のような花と陽気な笑い声が永遠に一つのものとなる。成功だ。

　わたしがナタリー・サロートのこの文章を好きなのは、そこに示されている言葉の味のためでもある。その言葉を発する人の口をいっぱいに満たし、話し手をその感覚のなかに飲

原注1　Nathalie Sarraute, *Ici*, Gallimard, 1995, p.18-9

み込んでしまうような言葉。しかし、感情的な資質は同じで
ありながら、わたしのやり方はナタリー・サロートとは逆さ
まだ。わたしのほうは、発音され、書かれ、聞かれ、口に含
まれた言葉から、一つの定義を見つけようとする。その定義
は、言葉に与えられている名前を超えて、言葉が心と身体に
喚起するすべてのものに基づいて——それらがすべて同じ
ように直ちに解読できるわけではないにしても——、言葉
を一つの秘密の世界へと導き入れるだろう。その定義が言葉
の本質に忠実であればあるほど、言葉は、その世界で、より
完全な自律性を享受し、一層の効果をもつだろう。

　例として、わたしの好きな固有名詞、Agricol Perdiguier[*5] ア
グリコル・ペルディギエを取り上げよう。この Agricol は、も
ちろん田園を思わせるが[*6]、同時に（将軍アグリコラからの連想
で）古代ローマを、質実剛健の気風やローマ共和国の美徳を
喚起する。続いて Perdiguier は、騎兵や馬（percheron〔ペルシュ
地方原産の輓馬〕からの連想？）や狩猟（perdrix〔ヤマウズラ〕から
の連想？）を、さらに、鋭い洞察力のある目や、草すれすれ
の観察（どうしてかはわたしにも分からないけれど！）や、探検

＊5　Agricol Perdiguier（1805-1875）：フランスの指物大工。「自由の掟の」コンパニョ
　　ンの徒弟から身を立て、自身の経験を記した『コンパニョナージュ』（1839）など
　　により、コンパニョナージュ（職人がフランス国内を遍歴して技を磨くための同業団
　　体。現在も存続している）の普及に貢献した。1848 年に人民の代表として選出され
　　たが、1852 年に第二帝政によって追放された。
＊6　Agricol の agri- は「農業」の意味をもつ合成語要素。

などを喚起する。この二つの名詞の組み合せは不動の力を帯び、その力は容赦なく発揮されて、大地や動物界やそれらが生み出すものと密接に関係している。

　だから、わたしにとって、Agricol Perdiguier は、痩身で、いかめしい、軍靴をはいた男であるか、馬を虐待する乱暴な男であり、あるいはヒナギクの好きな気まぐれな男の子である。せいぜい、未踏の地の勇敢なる探検家、少々現実離れした学者だ。しかし、よもや、幼い少女を愛する老いた伊達男であったり、半ズボンを穿き、大型の蝶結びのネクタイをつけた若い優男や、踊り子に恋をする詩人ではありえない。言葉には一つの、あるいはいくつかの独特の趣があり、そうした独特の趣はどれも、その言葉がもつ性質――たとえば、響き、綴り字、音素、連想に基づく意味の共謀など――に起因しているのだ。

　自分がどんなふうにして言葉に向き合っているのかをあれこれ思いめぐらし、どのようにして新たな定義が愉快な飾り気のなさで現れるのかを理解しようと試みるとき、いくつかの開拓するべき道が広がっているのが見える。

　第一の道は、文字の色、様子、特徴、風味に関連している。アルチュール・ランボーが立派な道を開いてくれている。彼は母音を色によって特徴づけたのだ。Aは黒、Eは白、Iは赤、Uは緑、Oは青。そうした色は、ランボーにとってなにがなんでもそうであったように、わたしにもそう思える。O

の青がかすかに問題になるが（それはとりわけ藍色（インディゴ）ではないだろうか）、Uの草木のような緑、Aの暗さ、Iの熱気を帯びた深紅の赤、Eの乳白色あるいは透き通るような白は、疑う余地も、議論の余地もない。わたしは頭のなかでYの薄紫色、またはすみれ色を付け加えてみた。そして黄色がないことについて考えてみた。黄色はどこにいるのだろう？　黄色は、わたしには、鼻母音、エ〜ン〔ɛ〕のなかに、たとえば、rien〔無〕、sein〔乳房〕、main〔手〕、faquin〔下郎〕、bouquin〔古本〕、coquin〔いたずらっこ〕、rouquin〔赤毛〕……のなかに見える。赤褐色（rouquin）からクリーム色（sein, main……）まで、その中間に卵の黄身の黄色（faquin）とヴァン・ゴッホの鮮やかなオレンジがかった黄色（biffin〔屑拾い〕、bouquin……）が見える。

　母音は、色で表わされる特徴だけでは十分ではない。母音はまた、色と結びついた道徳的な性質も帯びている。

　Aは、腹黒さ、恨み、陰気さに満ちている。

　Eは、明るく、澄みきって、けがれがない。

　Iは、怒りっぽく、夢中になり、時として邪悪である。

　Uは、安らかで、晴れやかで、牧歌的である。

　Oは、茫然として、素直で、寛大である。

　色や性質と関連づけられた文字に、それぞれに与えられた意味が組み合わされることによって、たちまち、さまざまなゲームの可能性が広がるのが分かる。それぞれの文字がもつ味や風味、あるいは動物や体の部位との関連を加えることも

できるだろう。世界はこうした可能性に満ちて広がっている。

　ボードレールは「万物照応」のなかで次のように書いている。

　「暗く深遠な統一性のなかで……、香り、色、音が互いに応え合う。」[*7]

　もう少しこのゲームを続けよう。

　Aは、青銅の鐘の音のように荘重で暗く、

　Eは、ハープの澄みきった流れるような音色をもち、

　Iは、鳥笛やガラガラのように甲高い音、

　Oは、弦楽器、バイオリン、ビオラ、チェロのようにたっぷりとよく響く音、

　Uは、ピアノのうねるような広がりをもつ、

　一方、トロンボーンの音は鮮やかな黄色、そしてオーボエやクラリネットのよくとおる音は申し分なくYである。

　今度は、スパイスの種類で続けてみる。

　Aは、ブラックチョコレートの苦味のある風味、

　Eは、バニラの甘い優しさ、

　Iは、トウガラシやコショウのぴりっと焼けるような辛さ、

＊7　Correspondances の第二詩節からの引用。

　"Comme de longs échos qui de loin se confondent

　Dans une ténébreuse et profonde unité,

　Vaste comme la nuit et comme la clarté,

　Les parfums, les couleurs et les sons se répondent."

Oは、シナモンのまろやかさ、

Uは、新鮮な香草、セルフィーユやシブレットの刺激的な味、

一方、黄色はニンニクやエシャロットにふさわしい、そしてYはタイムやイブキジャコウソウやローリエの乾燥した葉とよく合っている。

母音だけでなく、子音も、今度は自分たちの番だとうるさくしゃべり始め、その奥深い性質を知らせる。そして、母音との組み合わせでたちどころに一つの意味を帯び、その組み合わせを限りなく増殖していく。わたしがどんなふうに子音を聞き、解釈するかを示してみよう。

Bは、当惑して、不器用で、粘土に絡まった足を何とか引き出す、

Cは、後ろ指を指し、悪口を言い、詮索好きで、

Dは、穏やかで、注意深く、開放的で、明るい、

Fは、無邪気で、素直で、可愛くて、愛想がいい、

Gは、良い性格だけれど、少し怒りっぽく、快活だ、

Hは、空気のように軽く、繊細で、

Jは、目先が利き、観察力に富み、待ち構えている、

Kは、自信があり、横柄だ、

Lは、流動的で、とろけて、ぬれて、湿り気がある、

Mは、自分をもてあましていて、鈍重だ、

Nは、均衡が取れ、晴れやかで、四方に光を発散している、

Pは、熱に浮かされたようで、素早く、迅速で、激しやすい、

Qは、どっしりして、不動、

Rは、きっちりしていて、威圧的、

Sは、陰険で、疑い深く、嫉妬深く、不信に満ちている、

Tは、交渉上手で、仲裁家、

Vは、勇気があり、突撃する、

Wは、口ごもりがちで、コンプレックスがある、

Xは、心配がりの、恥ずかしがり、

Zは、山から歌いながら下りてくる。

　ここまでは個々の母音や子音に関することだが、これらの音の響き合い（アソナンス）がもたらす効果を考慮に入れると、たとえば passerelle〔歩道橋〕は軽やかな小鳥になる（Pの迅速さ、Eの薄明かり、それにLのとろける感じ）、rastaquouère〔金のありそうな素性不明の外国人〕はあなたのふくらはぎのあたりでわめき立てる子犬（威圧的なR、どっしりしたQ、それに二重母音 ouè の変な味）、そして Caravage〔カラヴァッジョ（1571 頃 - 1610、イタリアの画家）〕は突進するバイソンの群れだ（Aの黒い塊、突撃するV、それにGの怒りっぽさ）。

　直観的に知覚されるこうした一連の素材は、自由で創造的な空間を開くのと同時に、多くの制約ももたらす。さらに、いくつかの語においては、制約は事物の外見そのものにも潜んでいる。たとえば、rhododendron〔ツツジ属の木〕から、わ

24

たしは脚の数が多すぎて、おまけに吐き出す炎も十分でない不器用なドラゴンを思い浮かべるのだが、こうした確信に満ちた定義は、確かに rhododendron [Rɔ-dɔ-dɛ̃-drɔ̃] と dragon [dRa-gɔ̃] の音の響き合いもあるが、いっぱいに花をつけた様子 (脚が多すぎる) や、その様子がブルジョア的でもの静かであること (炎が十分でない) にも由来している。

éphéméride 〔日めくりカレンダー〕の場合は、白を思わせるEの重複と語末の ride の叙情的な飛翔によって白い蝶のイメージが生まれ、そこから動物学的推論によって piéride 〔シロチョウ〕という表現を誘い出す。シロチョウは誰もが知っているように、キャベツが好きだ。それでこの蝶は、キャベツのシロチョウとして知られている。こうして éphéméride は、わたしにとっては、疑う余地なく、キャベツのなかにいるのが好きな白い蝶である。

Écho 〔ギリシア神話のこだまの化身〕は、声門またはあごへの一撃だ。それはおそらく、イタリア語の ecco (ほら! わたしたちはここにいる!) に対応する身体的姿勢を想起させるからだが、その急激さがEの上のアクセント記号で増幅されて、声門の一撃という観念 (さらには、異才のエリッヒ・フォン・シュトロハイムが小さなグラスに入った酒を体をのけぞらして一気に飲むイメージ) [8] と結びついている。

Agamemnon 〔ギリシア神話の英雄アガメムノン〕はといえば、

---

[8] エリッヒ・フォン・シュトロハイムがフランス映画『大いなる幻影』で演じたドイツ軍将校のイメージ。

お腹のぷっくりした太った男である。王としての威厳に対しておよそ面白くないこうした定義は、Aga のもつどっしりとして粗暴な性質が、memnon のもつほとんど文字通り「乳房 mamelle」を連想させる太鼓腹のイメージによって和らげられいるせいだ。ジャン・コクトーがマレーネ・ディートリヒについて、彼女の名前は優しい愛撫のように始まり、鞭の一撃のように終わると言ったことがあるが、名前がもたらす効果において、ここでもまったく同じことが起きているといえる。わたしがリストに入れた言葉のそれぞれについて、文字のイメージによるこうした説明を続けることは容易だろう。

　開拓するべき二つの目の道（シュールレアリスムを除くと、ほとんど未開拓の道）は、いくつかの観念の間の自由な連想の道である。つまり、観念の網目をつくり出すことであり、この網目は、一種の内的必然性によって、自ずと広がっていく。わたしは人類学者として、身体の象徴人類学という広大なフィールドにおいて、一連の観念連合を追跡する方法を用いてきた。したがって、この道には少々熟練している。こうした観念連合は、わたしたちがしっかり目を開いて、その出現に注意すれば、はっきりと見えてくる。たとえば、わたしにとって、「菊」がハラキリになるのは、この花と日本との文化的に受け入れられている連想によってだが、さらに、『菊と刀』[原注2]という本のタイトルを介して、最終的にハラキリの観

念につながるのだ。萌芽となる観念としての日本、過渡的対象として刀を喚起する書名、最終観念としての、刀が身体の中に花の形と色を切り開くハラキリ。

　網目状に組み合わさったさまざまな特性の元をたどっていくと、一見、奇妙で不可解な仕方で頭のなかに出現したかに思われる観念のつながり、系譜がどのように生じたのかを再現することができる。たとえば、fretin〔雑魚〕、freluquet〔軽薄できざな若者〕、reluquer〔目をつける〕、fripouille〔詐欺師〕、grenouille〔カエル〕、grenaille〔（飼料用の）屑穀物〕、limaille〔やすり屑〕、さらに fr, gr, quet, quer, ouille, aille の音の響きを統合する系譜。雑魚 [fretin] は細かく体を震わせ [frétiller]、軽薄できざな若者 [freluquet] は寒さでがたがた震える [grelotter]。一方、目をつける [reluquer] は相手をすくませて動けなくする。詐欺師 [fripouille] は水に飛び込んでも溺れないが、カエル [grenouille] は聖水盤（あるいは、コップ一杯の水）で溺れる*9。やすり屑 [limaille] は喉をからからに乾燥させる。こうしたイメージはすべて、音の響き合いと同時に、動／不動、乾／湿というテーマに基づいて連鎖している。

　さらには、白 blanc という概念（雪のように白い）が頭のなかで清らかさ pureté の概念と結びつくには、これら二つの概念、

＊9　grenouille de benitier 聖水盤のカエルには、信心に凝り固まった人、という意味がある。

原注2　Ruth Benedict, *Le Chrysanthème et le sabre*, Arles, Éditions Philippe Picquier, 1987.
　〔*The Chrysanthemum and the Sword—Patterns of Japanese Culture*, Boston, 1946〕

白さと清らかさの間を仲介する飛躍があることを予め認めていなければならない。清らかさには、白には本来ない透明さという性質がそなわっている。清らかな水面 un onde pure は澄んで透明である。清らかな乙女（白い鷺鳥？）は白い衣、純白の衣をまとっている。彼女のシルエットははかなげだ。彼女の生命は透き通っている。純粋なダイヤモンドは曇りのない光を放つ。その反対は不純、たとえば「蟇蛙」だ。蟇蛙は汚くて、ねばねばしている。それは、おとぎ話のなかの王女様や素敵な王子様の対義語だ。このように一連の連想がわたしたちの目の前に浮かび出て、さまざまな具体的状況のなかで同心円の軌跡を描いて広がっている。

　色ならば、白 vs 黒
　属性では、透明 vs 不透明
　社会的立場では、王女や王子様 vs 庶民
　年齢では、若さ vs 老い
　身体状況では、処女・童貞 vs 性経験有
　感触では、すべすべして乾いている vs ねばねばしている
　声では、明るくてよく通る vs しゃがれている

　また、いくつかの性質についても同様に、

　愛着 vs 反感
　澄んだ vs 濁った
　純粋 vs 不純

非・性的な vs 性的な
（アセクシャル）

快い vs 不快な

　こうした連想はどれもわたしたちの西欧的、ユダヤ・キリスト教的な文化の地平に存在して、このような凝縮された表現の構成要素になっている。言葉はそれらを時には的確に表現しているように思えるし、時にはそうではない。言葉が適切に表現してないと思えるとき、話者は茫然として、秘められた意味を探して別の命名を必要とする。

　わたしは騒がしい森のなかで言葉に囲まれている。言葉はそれぞれ懸命に注意を引こうとする。他より目立ち、魅了し、好奇心をそそり、征服しようと懸命に努める。どの言葉もうまく抜け出そうと切望している。まるでわたしは言葉を牢獄から出してやろうとするかのようだ。わたしは純粋な喜びの領分に入っていく。これらの言葉はわたしのまわりでダンスをし、腰をくねらせ、まとまりを失い、揺れ動く。そしてわたしを原初のファンタジーの大きな踊りの輪のなかに引きず（ロンド）り込む。そのとき出現するさまざまな要素の予想外の、驚くようなブリコラージュ[10] とともに、わたしは、そこでは何でも許される創造の自由という大きながらくたの山に足を踏み込むのである。

───────────
＊10　レヴィ＝ストロースの用語。一貫した計画によるのではなく、ありあわせの素材や道具を適宜組み合わせて、問題を解決していく仕方。

言葉に対するこうした嗜好と、やはり子どもの頃からわたしを虜にしている箱や引出しへの愛着とを結びつけずにはいられない。そこには頭のなかに思い浮かべるだけでうっとりするような物が詰まっている。手芸の材料や縁飾りの材料、ボタン、糸巻、ボビン、リボン、スナップ、グログラン〔うね織の縁取りリボン〕、バイアステープ、糸、毛糸、シルケット加工した木綿*11、レース、裏地、針、安全ピンなど……、それから、金物類、釘、タピスリー用の鋲、フック、ねじ釘、画鋲、さまざまなサイズの円筒形の釘……といったすぐれもの、こうしたものは昔は 10 個とか 100 個単位で、あるいは目方で売られていた、小さいシャベルを使って量り売りしていた香辛料、写真のアルバム、まがいものの宝石、それから、その名にふさわしい本物の整理戸棚に入っているもの、シーツ、枕カバー、ハンカチ、布巾、テーブルクロス、タオルなど……、どれも家庭用や工作用の雑多な品々だが、そうしたものは重さを量り／結構重要で、数を数え／価値があり、分類して／片づけておくものだ。そしてとりわけ、箱や引出しや戸棚のなかに隠れていたものを目にする喜び。引出しが開いて、そのなかの宝物が現れる。薄いボール紙の台紙に、形や色や材質が同じ種類のものをサイズ別に並べて糸で留めてあるボタン……、そうしたものを発見するときの喜び。一枚

＊11　綿糸や綿布を濃アルカリ溶液で処理し、表面に絹に似た光沢を与えたもの。

の布を前にして、その厚み、手触り、色、材質、使い道を考えて、これに合うのはこっちのボタン、そっちのは駄目と、有無を言わせずに決める観察力と経験による奥義、こうした官能的なまでの喜びはいったいどこに潜んでいるのだろうか。この喜びには恋の情熱はないが、旺盛な食欲や調和の感覚、秘密と発見への嗜好（フロイトの糸巻で遊ぶ子どもの話）、物事の隠された裏面と起きるかもしれないことへの甘美な不安、そうしたことすべてに同時に関係している。もっと他にどう説明できるだろう。無限のもの（指の間から滑り落ちる砂の感じ）や数えきれないものといった概念、物事の無動機性と必然性という対照的な感情、そして何よりも、隠されたもの、隠ぺいされたもの、秘密、過去にあったもの、不在のなかの存在に接近する感覚である。いわば、箱の底に、無限を発見する至福である。

　言葉と遊びながら、わたしはバベルの塔の享楽を再創造する。まるで、自分のまわりで起きていることや話されていることを正確に理解したい気持ちと自分だけが意味を与えることのできる神秘的な驚異への絶えざる誘惑の間で、どちらか一方に決めたくない子どものように。それは、言葉とそれが名指すものとの距離をより近づけようとするのと同時により広げようとすることであり、言葉と一緒に旅ができるくらいに言葉を手なづけることである。あまりにも直接的な理解は有害ではないだろうか。〔相手が人の場合も、〕その人が何かひ

とこと言う前に、言おうとしていることが《即座に》理解できるような、完全に、恐ろしいほど予知可能な人、そんな人に辛抱強く近づいて、魅惑し、籠絡することにどれほどの魅力があるだろうか。愛し合う心と心の理想的な理解は、天国でもあるが地獄でもありうる。子どもはまるで自分が何も理解していないかのように扱われることを拒む。子どもは理解してはいるのだが、自分だけがこの世界に投影できる定義のもつ神秘のほうを好むのだ。自分が主人であり、ただ一人で、それらの定義の深く秘められた内奥へと侵入するのだ。

　わたしは、イヴ・ボンヌフォワが述べていることにまったく同感だ。「対話者としての事物というこの考えは、子どもが大人たちの模範や教えによって世界を受動的で操作可能な所与として、つまり、物化された、生命のないものとして理解することを少しずつ納得させられる以前の、子どもの経験を思い起こさせる。詩とは、"子どもの頃の日々"の幸福であり苦悩でもあったあの感覚、あらゆるもののなかにあらゆるものが存在するというあの感覚を保つことにほかならないとわたしは信じている……。それではどのようにしてこの根源的な経験を保つのか。わたしの考えでは、まさにこれが主要な方法なのだが、それは、それぞれの語彙のなかに、その語彙がもつ音、つまり、所記を超えたところにある、あるがままの音〔強調はエリチエ〕を知覚することによって可能になる。所記によって、概念化された思考が、語彙が名づけるものの可能な存在を覆い隠してしまわないように。」[原注3]わたしが言いた

32

いと思ったことをこれ以上に上手く表現することはできない。

　さていよいよ二番目のルジストル、わたしたちが普段あま
り気にかけずに使っている慣用句のルジストルに取りかかろ
う。これらの言葉は、文字通りに捉え、それからより深く理
解するのが望ましい。それは、わたしたちが他者と即座に／
直接的に理解し合える領域である。それがどんなものかは誰
もが知っている。というのもこの領域は、人がそれまでに感
じたことのある感情や感動の領域、身体で感じ取られ身体に
書きこまれた具体的な経験の領域であるからだ。それは格言
でも、民衆の知恵の表現でも、経験から生まれた諺（たとえば、
「良い猫には良いネズミ→敵もさるもの」、「一度飲んだらまた飲む
だろう→悪い癖は決して直らない」、「雨の後は晴れ→苦あれば楽あ
り」）でもない、隠語的な言い回しとも違う。こうした慣用句
は、具体的な経験や感動を、抽象的な分析的・説明的思考を
介さずに、直接に伝えるのに役立つ。ここで問題になってい
るのは個人的な創造ではなく、集団的な思考なのだ。いった
い、これら二つの必要性にはどんな関連性があるのだろうか。
　かつて、ある時、誰かがこうした表現のために、まるで解
放のための両腕の力強い努力のお蔭で天窓から屋根裏部屋を
抜け出すように、驚くべき摘出と抽象の働きによって、ある
特定の状況における現実──自らの身体全体で感じ取られ、
他の人たちも共感できた現実──の本質を抽出したのに違

───────────────
原注3　*Le Monde des livres*、2010 年 11 月 12 日付。

いない。

こうした慣用句は、長い説明を必要としない電光石火の、効果的、必然的な凝縮表現である。中間項の節約や表現の簡潔さの裏には、一連のさまざまな顚末や秘められた喚起が覆い隠されている。脳は、イメージの網目を素早く駆け巡り、途中にあるであろう多くの中継点をやり過ごして、全体的印象や感動に集中する。

したがって、わたしがある考えについて、《岩清水のように明快である》と言うとすれば、それは言うまでもなく、単に「明晰である」というだけでなく、「異論も矛盾もありえない」ことを示している。いくつかの中継点を節約したわけだが、明確に次の意味を含んでいる。つまり、水は常に澄んでいるとしても、そのなかでも最も澄んだ水は山岳地帯（たとえば、エビアン）の岩で濾過された水であり、傾斜の法則に従って、必然的な通り道をよどみなく流れ、そこから外れることはない。したがって、水のように澄んでよどみのない考えとは、必然的かつ議論の余地がないということを意味している。

《アルタバン[*12] のように高慢な》を例にとれば、この表現は今ではより通俗的に《小さなベンチみたいに高慢》と言われるようになったが、こうした表現の移行によって、面白いことに、それが喚起するものは、勇者のこけおどしの高慢さ

---

*12　17世紀の作家ラ・カルプルネードの小説『クレオパトラ』に登場する人物。

から大きなベンチの横に並んだ小さなベンチの取るに足りなさへと、さらには、大物と肩を並べて尊敬してもらおうとする小物の自尊心（この人物にまつわる伝説と完全に一致する）へと移行する。そしてこの移行の経緯は、完璧に理解され感じ取られるものであり、こうした経路を説明する必要はまったくない。

　Être sur des charbons ardents 真っ赤に燃える炭火の上にいる《不安でじっとしていられない》、Être aux abois 猟犬に吠えられる《絶体絶命の窮地に陥る》、Être aux cent coups 鐘の100撞き《とても不安である》、bouillir d'impatience 待ち切れなくて沸騰する《待ち焦がれて血が騒ぐ》などの表現。これらは隠喩である。もちろんわたしは沸騰などしないし、追い詰められて息を切らした動物でもないし、熾火の上で足を交互に持ち上げるダンスもしない。でも、こうした語句からは、火傷の痛みや胸の圧迫感や切迫した気持ちがよく分かる。これらの想像上の感覚はさまざまな感情を生み出すが、気持ちを説明するために、たとえば、「ある人がそれ以上我慢できないような状況に追い込まれて、そこから抜け出したいのだが手段が見つからず、もはやそれ以上辛抱しきれない」といった言葉の論理的使用を必要とはしなかった。

　Ne monte pas sur tes grands chevaux ! 大きな馬には乗らないようにしろ《憤慨するな、怒りなさんな》もまたいくつかの仲介項を含む言い回しである。すなわち、大きい馬は怒りっぽい、それが二頭も三頭にもなれば大変だ！　馬たちは歯で

35

はみを嚙んだり後ろ足で蹴ったりしかねない。怒りは馬の気まぐれのようなものだ。だから、用心して、大きな馬にまたがるのは止めたほうがいいのだ。

　第二のルジストルに含まれている慣用句は、誰もが一般的に共有する感動のルジストルのなかでも、選り抜きの凝縮表現だと言えるだろう。そこでは現実の状況を描写したり、抽象化の過程を説明したりせずにすむ。誰もが共有する感動は言ってみれば分析的な思考や知識よりも勝っている。まさにそうした感動こそが、人々の記憶に留まり、人間同士の理解に不可欠なものなのだ。こうした言い回しは、直接的、無意識的であり、わたしたちが即座に、ほとんど思考に頼ることなく心を通じ合うことを可能にするスイッチ、引き金、まとめ役であり、一種の、文化的標識のついた集団的な感情の偉大な知である。もしかしたら植物同士の伝達方法、匂い、引力、フェロモン……の放出を通しての伝達と同じようなものかもしれない。決まり文句とは、こうした生理的リアクションを引き起こす引力に相当するものである。心に強く、心地よく、あるいは不快な影響を残した一連の体験が、記憶されて、ある人々の間に決まり文句を出現させる。こうした決まり文句は、その響きと喚起力によって状況を最もよく説明する。そして、コンテクストとは無関係に単にその言表そのものによって、なんらかの情動や動揺を引き起こす原因——結果ではない——となる。

　慣用句を媒介とすることで、いかに多くの感動のほとばしり

が伝達されることだろうか！　そこでは、伝達される印象の強烈さや的確さを詳細に分析するために、それに適した抽象的語彙を用いる必要はない。実際、garder un chien de sa chienne「自分の雌犬の子犬を〔大きくなるまで〕取っておく」のかわりに「怨恨」と表現したり、ne pas faire dans la dentelle「レースを商ってはいない」のかわりに「粗野である」、couper les cheveux en quatre「毛髪を四分割する」のかわりに「細かいことにこだわる」、tenir la dragée haute「ドラジェ*13 を高くかざす」のかわりに「簡単にうんと言わない」、se retrouver dans de beaux draps「上等のシーツにくるまれている」のかわりに「苦境に立つ」と表現する必要はない。対応する抽象的な語句はあえて棚上げして、ある状況がもたらす印象、感動、身体的知覚だけが残る。ある特定の文化的領域に属する人たちは、聞いただけで、「習わずして」意味を把握する。それぞれの言語が独自の宝をもっていて、同等の意味をもつものをつくり出す。たとえば、フランス語の ne pas avoir inventé la poudre 火薬を発明しなかった《人があまりぱっとしない》は、英語では ne pas mettre le feu à la Tamise*14「テムズ川に火をつけない」と言う。こうした例は翻訳の難しさをよく示している！

　慣用句がカバーしている感情の領域の広大さに気づいていただくために、慣用句によって表現されているいくつかの状

＊13　dragée ドラジェは、アーモンドを硬い糖衣でくるんだボンボン。洗礼や出産、結婚などのお祝いに配る習慣がある。

＊14　Never set the Thames on fire.

況、印象、感動を列挙してみよう（それらは数え切れないほど
あるが、読者はもうわたしのリストアップ好きをご存知だと思う）。
それぞれの状況、印象、感動に対応させるとしたらふさわし
いであろう抽象的な語彙は次のとおりだ。

　困惑[*15]、憤懣、無力感、充足感、歓喜、心配、驚愕、称賛、
忠告、配慮、懸念、優柔不断、嘲笑、悔しさ、挑戦、過剰、
傲慢、不安、無作法、寛大、温和、敵意、脅し、卑怯、勇敢、
狡猾さ、報復、身勝手、好色、苦悩、衝撃、ためらい、恨み、
有頂天、単純さ、嫌悪、倦怠、嫌気、食欲、自信、安堵、当惑、
安らぎ、同情、思いやり、無理解、拒絶、排斥、受諾、甘受、
激怒、怒り、血気、熱情、軽蔑、気晴らし、期待、焦燥、幻滅、
失望、完全性、行すぎ、挑発、憤慨、親切、温情、いらだち、
空威張り、強情、愚鈍、恐れ、喜び、快楽、激高、虚栄、自
尊心、厳しい非難、満足、確信、諦観、不信、恐怖、不服従、
無頓着、空威張り、悲嘆、満腹、威信、優越感、子どもっぽさ、
追放、反感、反発、高揚、裏工作、節度、臆面のなさ、苦痛、
至福、確実性、疑惑、熱心、退屈、不愉快、大喜び、不活発、
活気、警戒、軽薄、実利主義、陰険さ、疑い深さ、用心、気
配り、偏見、お人よし、臆病、従順さ、復讐心、利他主義、
苦渋、謝意、感謝、尊敬、激情、野心、無遠慮、平静、信じ
やすさ、疑い深さ、羨望、驚嘆、貪欲、興奮、嫉妬、優しさ、
哀れみ、欲求不満、感激、投げやり、評価、希望、恥辱、皮

[*15]　下線の語は二度以上繰り返し出てくる語。二度目以降は省略。

肉、尊大さ、うぬぼれ、驚き、好奇心、善良、意欲、正義や
公平や調和への欲求、愛したい気持ち……

　これらの状況はどれも、状況を適切に説明する概念による
知的仲介がなくても、十分に感じ取られ、理解される。それ
は密かに形成された思考であり、最も緊急なことに対処する、
つまり、情動の伝達に対処するのであり、詳細な説明は不要
である。感じ取られた経験という、すでにそこにある、既定
の広がりをもつ共通の基盤から、物語は容易に理解される。
その物語には出来事や、正確な事実、述語が欠けているが、
それらが表面に出てくる必要はなく、人は各人の心の奥底で
無意識にその人なりの個別の意味論によって補うのである。
一つの感情を感じ取るための枠組みはすでにそこにある。人
はかくして腹で考え、大量かつ無秩序に押し寄せる感情表現
を受け取る。そこでは、適切な言葉を探すまでもなく、意味
が表面に姿を現すのだ。こうした全体的なアプローチは、感
情の共有を理屈っぽい理由や説明よりも優先することで、抽
象化によって失うものを共感によって得ることができる。

　このように、慣用句を共有することは、感情的現実を言葉
による長々しい説明なしで全体的に知覚することだ。それ
は、数学的な発見（ユーレカ）の直観に似ていると同時に逆で
もある。仲介的な関係を必要としない点では同じだが、数学
的な発見は理性による全体的知覚であるという点で異なって
いる。〔慣用句がもたらす〕錯綜した生の感動は、ある特定の
文化のなかで、類似した経験の積み重ねとそれらの経験を直

視し昇華する仕方の表れである言い回し、言葉がその元の意味とはまったく異なる何かを伝えるような言い回しによって、直接的に理解される。ある人のことを cireur de bottes 長靴磨き《おべっか使い》だと言っても、その人がほんとうに長靴を磨くとは誰も思わない。この既成の言い回しの裏には、靴磨きをする人の背をかがめたへつらいの姿勢の観察と、それと組みになった、磨かせている人の華々しさや金ぴかの虚飾のイメージがある。長靴には人を見下す俗物根性スノビズムという考え（これは普通の靴にはない性質だ）も関わっている。そしてまた、人が「上等のシーツにくるまれている」というとき、それが直に意味していること（すべらかな絹の、清潔で、さわやかで、アイロンのかかった、おまけに刺繍のあるシーツで寝るというあこがれの状況）とは逆に、最も不快な状況下にいることを意味している。

わたしがもっている、この二つの、お分かりのように対立する傾向、つまり、いくつかの言葉のなかに隠れている意味の詩的な創造を好む傾向と、それと同時に、他の人との感情を共有する既成の表現を好む傾向は、子どもが物心のつく頃に体験する大きなジレンマと同じものであると思う。子どもは大人のもつ偉大な知に近づき、自分のまわりで起きていること、言われていること、言い交わされていること、とりわけ、言われていないことを理解したいと思っている。だが、同時に、ある種の伝達不可能性がもたらす楽しみを守りたいと思っている。もちろん、その伝達不可能性は、子どもの側

からのもので大人の側からのものではない。子どもは、お利口にしているようにという永遠の命令、「『お願いします』でしょ」、「『ありがとう』はどうしたの」といった子ども時代の奥底からやってきて、社交性のための最低限守らなければならないしつけになっている命令から卒業したいと思っている。子どもは二つの気持ちの間で揺れているのだ。「お願いします」と言わなければ欲しいものがもらえないし、「ありがとう」と言わなければ手におえない子ども（餓鬼）にされてしまう。でも、一方では、自分の欲しいものを言葉にして言いたくないと思っているし、自分の望みが叶えられるかあるいは逆に拒否されるかの権限をもっているのは他の人たちで、他の人たちが主人なのだとは考えたくない。子ども時代は自由な、まったくの野生状態である。わたしはそうした野生状態に「白紙状態」という恵み深い定義を与えたいと思う。子どもにとって、言葉に秘密の隠された意味を与える独占的権限をもつことは、バベルの塔を伝達不可能性という野生の美において再現することだ。大人が既成の表現を好むのは、他の人と同じ素材（内臓）で出来ている人間、他のみんなの間で生きている一人の人間であることを受け入れたからである。こうしてわたしたちは、現実を自ら名づけて、秘密を私的に独占的に知る楽しみ（普通の意味の拒否）から、最も一般的なもの、つまり身体の感じやすさを分かち合う楽しみ（暗示される意味の過剰）へと移行したのだ。

　他に言うべきことはないだろうか。

〔慣用句における〕こうした思考のショートカットは、意識的・組織的な思考の助けを借りずに（あるいは、頼らずに）、心の底で無意識に翻訳されることを想定している。ある現実についてのイメージは、視覚化される必要はないので視覚化されないが、必ずそうなるであろうという結果やそれに対して取るべき反応をしっかりと察知させて、身体を警戒状態におき、唯一可能な行動へと導く。たとえば、「すべての卵を同じ籠に入れないように」という表現は、話し手も聞き手も、この言葉を口にするとき、頭のなかで卵や籠を見ているわけではないけれども、ぶつかったり落としたりすると全部が割れてしまう危険があると予想して、用心のために荷物を（卵にしろ他のものにしろ）別々に分けるほうがいいと皆一様に結論する。

現実を説明するのに言葉による仲介を回避するもう一つ別の方法がある。図式である。図式は線と形を用いて現実を書き換えて、理解させる。現実を視覚化し、そこにある複数の関係を組織化するのだ。言葉は、図式が説明しようとしている領域を決定し命名するために最小限用いるほかは、不要である。ガウス曲線[16]は、実際、多くの状況に適用できる。言葉は、文脈や提示された問題に応じて必要な追加情報を与えるが、抽象的な議論の本質は図式そのものによって与えられる。《絵は長い演説に勝る》とは、民衆の経験が慣用句の

＊16　正規分布を表す曲線で、左右対称の鐘型になる。正規曲線。

かたちで言っていることだが、慣用句には感情的な意味が含まれる。図式も慣用句もどちらも言葉はほとんど必要としないが、図式のほうは観念を、慣用句のほうは感情を伝えるのだ。いわば、意味が瞬時に凝固して、まぜこぜに融合したデータの沈殿物のようになって、まるで金を探す人のふるいのなかで金片が凝縮して塊になるように、概念や観察が凝縮される。図式の場合、人は現実から直接に、抽象化の働きによって明かされるその構造の一部へと移行する。慣用句の場合は、一つの状況の喚起から直接に、別の状況にもあてはまる感情的反応へと移行する。

　これだけでは、現実を二重に、つまり知的かつ感情的に把握するときに連動する一連のプロセスを説明するには不十分である。わたしたちが現実を知覚することを可能にする「感覚」と現実を識別することを可能にする「概念」を加えねばならない。これら４点からなる全体において、「慣用句」は「図式」に対して、「感覚」が「概念による識別」に対してそうであるように、裏と表の関係にあると言えるだろう。こうした考察を後押しするために一つの図式を示したい、というか、そうする必要があるだろう。

　空間を水平に二分する線を引き、下側を現実（事実および事物）、上側を理念（現実についての表象）とする。次に垂直に二分して、右側を身体に属するもの、左側を精神に属するものとする。こうして人間の生き話す空間は四分割され、それぞ

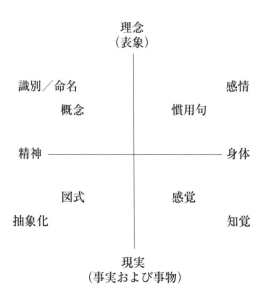

れの空間は順に、知覚（右下）、感情（右上）、識別／命名（左上）、抽象化（左下）に割り当てられる。これら四分割された空間はそれぞれ特有の操作様式によって占められている。すなわち、同じく右下から順に、感覚、慣用句、概念、図式である。対称的な位置関係から、慣用句と図式、感覚と概念がそれぞれ対応していることが分かる。

　これら感覚と概念、図式と慣用句は、二つずつ結びついて、現実を身体と精神を用いて理解し、操作する四つの形態である。

　わたしは図式の技法をあまり活用しなかったが、抽象化の領域もまた、他の三つの領域がもたらすのと同じ無限の喜び

をもたらすに違いないと思う。そうした喜びをわたしはよく知っているが、それは、とりわけ、意味の絶対的創造者デミウルゴスになるときの子どもの喜びであり、また、既成表現のもともとの意味は分からなくとも、最終的には、身体が止むをえず反応してしまう切迫した状況を気づかせてくれるその紆余曲折をたどるときの大人の喜びである。

　極言すれば、思考するためにはそれに適合した言葉がなくてもすますことができる。それは、単なるメタファーの遊戯をはるかに超えたものである。わたしが《十文字槍が降る》と言うとき、空から槍が落ちてくるわけではない。しかし、そこに喚起されているのは、ただの針でも、ナイフでも剣でもなく、十文字槍である。それは手に握る武器のなかで最も大きく、最も重量感のあるものなのだ。喚起されるのは、重く強い、ほとんど殺人的な、土砂降りの雨であり、十文字槍に突かれないように身を避けるのと同じように、雨の当たらないところに避難するようにという勧めでもある。物語はまったく必要ない。具体的説明的な詳細も、意味論も必要ない。起きていること、あるいは起きたことを物語る必要もない。物語のもつイメージと感情的性質だけが深く刻まれて残っている。　そうした性質を再び無傷のまま浮かび上がらせるためには数語の隠喩で十分だ。慣用句はこのように、人間の経験の最小公分母として、この同じ経験を実に巧みに凝縮しお膳立てするものとして機能する。

わたしは本書で、なぜわたしが言葉に愛着するのか、その理由を探求して大いに楽しんだが、こうした愛着は大多数の人が共有していると思う。わたしはあなた方、読者の多くの方が言葉の秘密の定義を見つけるゲームを続けてくださることを、あるいはまた、他の慣用句をわたしのリストに追加してくれることを願っている。さまざまな創意工夫の道に驚嘆しながら。

　わたしはまた、すでに言及した二つのルジストルに三番目のルジストルを追加すると面白いと思った[17]。登場人物や実

＊17　この「第三のルジストル」の日本語訳は、原出版社の許可を得て割愛したことをお断りする。「第三のルジストルには、五つの短い話が収められているが、どれも「第二のルジストル」に挙げられた慣用句を「、」でつなぐ形で書かれている。こうした慣用句の基盤にある感情を共有するためには、よほどフランス語・フランス文化に通じていて、直接、感じ取らなければならず、日本語に訳しても面白味はないと判断したからだ。

　　読者に納得していただくために、以下に、冒頭の数行を示します。

Querelle, soliloque

Il n'était pas à la noce, ce n'est pas que je voulais me tirer des flûtes et je ne voulais pas non plus mettre les pieds dans le plat mais il m'avait tout de même mis les nerfs en pelote alors je lui ai balancé son paquet, je lui ai dit que ce n'était ni fait ni à faire, qu'il se comportait comme un gougnafier, qu'il se moquait des gens comme de sa première chemise, que ça commençait à bien faire et qu'il ne s'en sortirait pas en roulant des yeux de merlan frit, ...

　　これを試しに訳してみると、以下のようになるでしょうか。

「けんか」（長い独り言）

彼はこんなに楽しい結婚式には——もちろん皮肉にだけれど、出たことがござんせんとばかりにご機嫌斜めだった、俺はフルートのような長い足でその場から逃げ出そうと思ったわけでも、料理のなかに足を突っ込むようなへまをやらかす気もなかったけれど、それにしても彼は神経を巻いて玉にするくらいわたしをものすごく苛立たせたので、とうとう彼の荷物を投げつけて思いのたけをぶっつけて、こう言ってやったんだ、お前さんは手のつけられないほどひどい

46

際に起きた出来事、日付のはっきりした展開などの詳しい関連事項がなくても、物語や内容がなくても、ある状況とそれに付随する感情を喚起することは可能であることを示したいと思ったのである。ある状況をタイトルにした短い物語をいくつかご覧いただきたい。これらの物語の特徴は、感情を表現するいくつかの既成の表現だけで出来ていること、手を加えたのはそれらの表現をつなぐためのわずかな調整だけである。これらの物語は、本来の意味では、無意味である。そこには物語を支えるようなものは何もない。しかし、基盤にある感情は伝わってくることがお分かりになるであろう。この並はずれた知の共有ほど、日常生活のなかで互いに認め合い、行動するための手段の節約になるものはあるだろうか。

　では、ゲームを始めましょうか？

出来そこないで、まるでろくでなしのような振る舞いだ、子どものときに初めて着た服を思い出さないのと同じくらい人のことを気にかけない、いい加減にしてはどうだい、フライにした鱈の目みたいにぼっーとしていてもどうにもならないよ、……

第一のルジストル

＊印は訳者の独り言です。うるさいと
感じる方にはすみません。すっ飛ばし
てお読みください。

Bravache se la joue comme Beckam
空威張り屋は、ベッカム気取りで格好をつける＊1

Avalanche roule et déboule
雪崩は、轟き、転がり落ちる

Pizza＊2 gratte comme un cent de fourmis
ピザは、ちくちくして痒い。まるで蟻が百匹

＊1　のっけから、訳者にとっては意味不明。エリチエさんの自由奔放な想像力に
は敵わない。Bravache の音から Brave vache「勇敢な雌牛」を連想できなくもない
が、篠沢秀夫＋ティエリ・マレ『フランス成句の宝庫』（総合法令出版、2001 年、
148-9 頁）によれば、vache「雌牛」を登場させるフランス語表現のほとんどは、「凶
暴な」、少なくとも「怒りっぽい」動物をイメージさせ、俗語で形容詞として使
われる場合も「意地悪」、「背信」を意味するという。brave「善良な、忠実な、勇
敢な」とはそぐわないようにも思われる。いずれにしても、「いくら恰好をつけ
ても、ベッカムには及ばない」ということだろうか。
＊2　pizza の [dza] の音がちくちくした感じを呼び起こすのだろうか。

Cri s'envole dans le ciel

叫びは、空のなかに飛んでいく

Bouillabaisse[3] encombre tous les chemins

ブイヤベースは泥濘んで、あちこち道を渋滞させる

Trappe ment comme un arracheur de dents

落とし穴は、抜歯屋[4]と同じようにまんまと騙す

Libellule est une demoiselle[5] fière en organdi blanc.

トンボは、白いオーガンジーのドレスを着て誇らしげなお嬢
さん

Coccinelle est telle qu'Audrey Hepburn

てんとう虫は、オードリー・ヘップバーンみたい[6]

---

*3　bouillabaisse は、魚やエビをトマト、サフランなどと煮込んだプロヴァンス料
　　理だが、話し言葉で「泥、ぬかるみ」という意味もある。

*4　かつて広場などで抜歯を商売にする人がいた。麻酔なしでも「痛くない」とい
　　う触れこみだが、ほんとうはもちろん痛かっただろう。cf. ピエール・ギロ『フ
　　ランス語の成句』（窪川英水・三宅徳嘉訳、白水社、1987 年）、53 頁。

*5　ここで「お嬢さん」と訳した demoiselle には、トンボという意味もある。

*6　ヘップバーンの黒い大きな瞳が与える印象だろうか。ちなみに、テントウ虫
　　は漢字では「紅娘」と書くそうだ。

第一のルジストル

Mâchicoulis s'effondre majestueusement

マシクリ*7 は、威風堂々と倒壊する

Inclination penche sa haute taille

惹かれる気持ちは、その高い背を傾ける*8

Aubépine est radieux comme le soleil sur la neige

サンザシの白い花は、雪の上の太陽のきらめきのように輝いている

Croissance croasse désagréablement

経済成長は、カアカア鳴いて不愉快だ*9

Innocence est un doux murmure

無邪気さは、優しいささやきである

＊7　マシクリは城壁の上部に設けた持ち送りの床面に開けた穴。そこから石や矢を放って城を守った。倒壊してはならないが、万が一そんなことがあるにしても、威風堂々とであるはずだ。

＊8　敬意を表して背を傾けるのだろうか、それとも好意を抱く対象のほうに気持ちが傾くのだろうか。

＊9　croissance の croi と、（カラスが）カアカア鳴く（croasser）の croa という耳障りな響きを重ねている。何かといえば「経済成長」が叫ばれるのを「カアカアうるさいな」と批判しているのかもしれない。

Rouspéter porte un shako à plumes

不平を言うは、羽飾りのついたシャコ*10 をかぶっている

Traîtrise est une chose très triste*11

背信行為は、とても悲しいことである

Baobab est mal dans sa peau

バオバブ*12 は、意気消沈している

Nabab pète de suffisance

大富豪は、うぬぼれがすぎて、おならが出る

Mirliton explose en plein vol

ミルリトン*13 は、ヒューと飛んで爆発する

Cacophonie est hébété

不協和音は、呆然としている

＊10　シャコは、昔の、庇のついた円錐台の軍帽。第一次世界大戦までフランス軍のさまざまな部隊で着用された。現在はフランスの陸軍士官学校の制帽になっている。

＊11　traîtrise と très triste は、音が重なっている。

＊12　バオバブはアフリカのサバンナに見られるパンヤ科の大木で、幹は直径５メートルを超え、とっくり状になる。

＊13　ミルリトンは、小さな管楽器で、管の底に張った羊皮紙や油紙に人の息を共鳴させる。

第一のルジストル

Bouquin[*14] a des odeurs de vieux cachemire

古本は、古いカシミアの肩掛けの匂いがする

Brodequin est un mâle autoritaire

ヘビーデューティブーツ[*15] は、威圧的な男を連想させる

Écoutille lève haut la jambe

ハッチは、脚を高く上げさせる[*16]

Cafard[*17] est un agglomérat nauséabond de viandes pourries

ゴキブリは、腐った肉の吐き気を催させるような固まりだ

Tout de go est une action qui aurait pu être parfaite

単刀直入は、完璧でありえたはずの行動だ

Glycine s'éboule, fond en douceur, glisse sur un plan d'eau lisse

藤の花は、崩れ落ち、静かに溶けて、波一つない滑らかな水面にただよう

---

* 14　bouquin には、年老いた雄ヤギという意味もある。昔の本は、羊やヤギの皮
をなめして作った羊皮紙を用いていた。
* 15　ヘビーデューティブーツは作業用、行軍用、登山用など、くるぶしまでの深
さの短めの丈夫なブーツ。
* 16　ハッチは、船の甲板から船室に通じる昇降口の上げ蓋。外開きなので、脚
で開閉すると、脚が高く上がることになる？
* 17　cafard には「密告者」という意味もある。

Glycérine est opaque, englué, et visqueux

グリセリンは、不透明で、粘つき、ねとねとしている

Brinquebaler est de traviole, comme **brindezingue** – l'ourlet de la jupe, le corps sous la jupe, l'ouverture des portes, l'allure de la maison, le trot du cheval, la course éperdue...

揺れ動くは、酔っ払いのように、斜めに揺らぐこと──あの時の揺れていたスカートの裾の折り返し、スカートの下の身体、扉の開き方、家の佇まい、馬のだく足、必死の疾走……[18]

Procrastination lâche des torrents d'invectives et d'imprécations

先延ばしにする癖は、悪口やのろいの言葉をどっと吐き出させる

Rhododendron est un dragon bouffi qui a trop de pattes et pas assez de feu

ロドデンドロンは、脚の数が多すぎて、吐き出す炎も十分でない、むくんだドラゴンを思わせる[19]

Amour est rouge coquelicot

恋は、ひなげしの赤の色

---

[18]　だく足［au trot］は、並足［au pas］と速足［au galop］の中間の速さ。

[19]　本書 25 頁参照。ロドデンドロンは、ツツジ、シャクナゲ、サツキなどツツジ属の総称。

Portrait est ennuyeux

肖像画は、退屈だ

Saint-Quay-Portrieux est une suite d'entrepôts rénovés

サン・ケ・ポルトリュ[20] は、改装された倉庫の列

Funambule est primesautier

綱渡り芸人は、軽快ではつらつとしている

Lilas[21] est frais en bouche

ライラックは、口にするとさわやかだ

Propriété[22] emplit la bouche

所有財産は、口をいっぱいに満たす

Haine se crache

憎悪は、吐き出される

Crédulité est une bonne fille

信じやすさは、お人好しの娘

＊20　サン・ケ・ポルトリュは、ブルターニュ地方の小村。かつては海水浴場だっ
　　たところに現在は保管倉庫が並んでいる。

＊21　[li-la]と発音したときの口の感触から？

＊22　確かに所有財産があれば十分に食べていけるけれど……、これもやはり、
　　発音したときの感触から？

Décision coupe comme un scalpel

決定は、外科手術の時に用いるメスのように一刀両断する

Magasin ouvre sur des merveilles entraperçues

商店は、素敵な物をちらりと見せて客の気を惹く

Merveille a le goût à peine sucré des beignets de ce nom

素晴らしいもの（メルヴェイユ）には、同じ名前の揚げ菓子*23 のほのかに甘い味がする

Vaille que vaille brinquebale

どうにかこうにかは、右に左に揺れ動く

Potron-minet fait la culbute

夜明けは、でんぐり返りをする*24

Safari est un sapajou qui jette du sable

サファリは、砂を投げつけるリスザルを思わせる

Gorille ne sait pas jouer à cache-cache

ゴリラには、かくれんぼうはできない*25

＊23　メルヴェイユは、卵を加えた小麦粉生地の揚げ菓子。砂糖がうすくまぶしてある。
＊24　闇がでんぐり返りをして光になる？　cf. 本書 155 頁＊122。
＊25　ゴリラは大きくて隠れてもすぐに見つかってしまう？

第一のルジストル

Satiété est un tas de sable humide

満腹は、湿った砂山みたい*26

Réverbère penche comme la Tour de Pise

街灯は、ピサの斜塔のように傾いている

Précipice luit dans les ténèbres

断崖は、深い闇のなかに輝いている

Aggiornamento*27 est un bellâtre

アジョルナメントは、薄っぺらな二枚目

Aujourd'hui entrouvre une porte

今日は、扉を細目に開ける*28

Camion tangue dans l'ivresse

トラックは、酔っぱらったように揺れる

＊26　重くなって動けない？

＊27　*Aggiornamento* は、教会の現代化、アップデートという意味のイタリア語。そんな意味は知らなくても、マルチェロ・マストロヤンニみたいな二枚目に、« Aggiornamento！»と、声をかけられたら、« Buongiorno！»とか返したくなりそう。

＊28　好奇心も、不安もある……。

Taffetas crisse et **Organdi** pique

タフタはキシキシきしみ、**オーガンディ**はチクチクする[*29]

Réséda est plein d'audace et **Iris** solitaire et orgueilleux

モクセイソウはとても大胆で、**アイリス**は孤独で傲慢に見える

Lamentable est un pauvre chien pouilleux

哀れなのは、シラミだらけの惨(みじ)めな犬

Amertume est un chemin de ronce

苦渋は、イバラに覆われた道

Boulevard[*30] est une échappée vers la lumière

大通りは、光に向かって開かれた透き間

Sarcasme est un sabre à forme de dragon

皮肉は、ドラゴンの形をした刀(サーベル)

Boursouflure est une grosse limace

皮膚の腫れは、太ったなめくじ

---

* 29 『人生の塩』94 頁に、「何十年も前のことなのに、着るとちくちくしたオーガンジーのシンプルなドレスのことを思い出す」という一節がある。
* 30 Boulevard は、本来は旧城壁跡につくられた環状の大通り。一般に並木のある大通りで、両側を高い建物に囲まれ、通りだけが空に向かって開いている。

第一のルジストル

Fautrier[*31] fonce sans étriers

フォートリエは、鐙（あぶみ）をつけずに走る馬のように自由に突き進む

Mondrian[*32] s'arrondit dans un fauteuil à carreaux

モンドリアンは、格子縞の肘掛椅子に座って丸まっている

Mozart a de gros nœuds de reps à ses chaussures fines

モーツァルトは、畝織（うねおり）の大きなリボン飾りをつけた上等の靴
を履いている

Debussy marche le long d'un étang un bâton à la main

ドビュッシーは、指揮棒を手に池のほとりを歩く

École[*33] s'envole gaiement

小学校は、楽しく飛んでいく

Lycée a de lourdes portes d'airain

国立高等学校には、ブロンズ製の重い扉がある[*34]

＊31　フランスの画家（1898-1964）、アンフォルメル絵画の代表者の一人。

＊32　オランダの画家（1872-1944）。『赤、黄、青によるコンポジション』など、さま
　　ざまな格子による美を追求した。

＊33　Ecole は一般に学校という意味だが、ここでは小学校のこと？　授業が終
　　わって解放された子どもたちが、家路をたどるときの陽気な気分、それとも、
　　小学校時代がまたたくまに楽しく過ぎていくことを言っているのだろうか。

＊34　高等学校卒業資格バカロレアを得るためには、難しい試験に合格しなけれ
　　ばならない。「狭き門」ならぬ「重き門」。

Gynécée[35] est l'intérieur moelleux d'un oursin

雌蕊（めしべ）は、ウニのなかのやわらかいところみたい

Demoiselle[36] claque comme un courant d'air

若い娘は、すきま風のように勢いよく物音を立てる

Judicieux[37] colle de partout et ça colle

適切であるは、あちこちにべたべたくっつくけれど、うまく
いく

Irrévocable[38] sonne un glas sinistre

撤回できないは、暗い弔鐘の響きがする

Colibri est impertinent

ハチドリ[39]は、不作法者だ

---

* 35　Gynécée には、ギリシア時代の女性が閉じ込められていた「女性部屋」という
　　意味もある。
* 36　Demoiselle には、トンボという意味もある。
* 37　judicieux から連想される jus「ジュース」がべとべとくっついて、うるさい感
　　じ？　本書 87 頁の Déconfiture colle et coule de partout も参照。また、Ça colle には
　　「べとつく」のほかに、「ぴったり合っている」「うまくいっている」という意味も
　　ある。なお、judicieux は、本書 89 頁にも出ている。
* 38　ir-re-vo-cable と発音してみると、確かに暗い響きがする。
* 39　ハチドリは、熱帯地方に生息する鳥で、小型でカラフルな羽が特徴。世界
　　で一番小さな鳥とされている。

第一のルジストル

Codicille papillonne

遺言補足書は、移り気である

Colibacille est lourdaud

大腸菌は、間抜けだ

Cacophonie trébuche en marchant

不協和音は、行進しながらつまずく*40

Tournevis est plein d'astuce

ねじ回し*41 は、実に機転がきく

Marmite est une citrouille prolifique

寸胴鍋は、多産なカボチャを思わせる

Marmaille est déplaisante

騒がしい子どもたちは苦手だ

Assiette tangue et **Tangente** s'envole

皿がぐらつき、**接線**は逃げ去る*42

＊40　村祭りなどで行進しているブラスバンドのイメージだろうか？　『人生の塩』
　　112 頁に、「村のブラスバンドが大好き」という一節がある。

＊41　ねじ回しの先端はさまざまな種類のねじの頭に合うような形になっている。

＊42　皿＝円がぐらつくと、接線も定まらない？　Tangente s'envole は、s'échapper
　　par la tangente や prendre la tangente「こっそりと逃げ出す」という古い言い回しか

61

Dégouline salive abondamment

滴り落ちるは、よだれをたらたら流す

Corvette porte un tricorne[43]

コルベット艦[44] は、三角帽をかぶっている

Jalousie siffle dans les herbes rampantes[45]

嫉妬は、地を這う草のなかでしゅうしゅう音を立てる

Édulcorer s'accroupit tranquillement

婉曲にするは、力強さを失って静かにしゃがみ込む

Brocarder barrit

嘲弄するは、象の鳴き声のよう

Rugissement tournoie sur des hauteurs

ライオンの吠え声は、丘の上を旋回する

らの類推だろうか。cf. 本書 178 頁。

* 43　tricorne は、平たい鍔の三方がめくれ上がって三本の角のようになっている
　帽子。17、18 世紀のフランスの軍隊で用いられていた。

* 44　コルベット艦は、19 世紀末頃まで使われていた三本マストの軍艦。

* 45　rampant（← ramper）は、這って進む蛇をイメージさせる。なお、Jalousie はしば
　しば髪が蛇になっている女神の姿で描かれる。cf. ラシーヌの『アンドロマック』の
　一節、« Pour qui sont ces serpents qui sifflent sur vos têtes. »

第一のルジストル

Abstention coule comme du plomb fondu

棄権は、溶けた鉛のように流れる

Subterfuge a des relents d'ammoniaque

言い逃れには、アンモニア水のような嫌な臭いがする

Clabauder clapote et éclabousse[46]

悪口を言いふらすは、ぴちゃぴちゃ音を立て、とばっちりを
かける

Insomniaque[47] claque des dents

不眠症の人は、歯をがちがち鳴らす

Agamemnon est un gros plein de soupe

アガメムノンは、お腹のぷっくりした太った男だ[48]

Salmigondis[49] sonne les cloches à toute volée

寄せ集めは、鐘を激しく打ち鳴らす

＊46　cla という音の繰り返しが「ぺちゃくちゃ」悪口を言っている感じ？
＊47　歯をかちがち鳴らすのは不安だから？　寒いから？　In-som-niaque を発音す
　　ると、確かに歯が音を立てる。
＊48　本書 25-6 頁を参照。
＊49　[sal-mi-gó-di] という音の響きだろうか？

Racaille a des croûtes sur la peau

ならず者は、肌にかさぶたがある

Leurre est immobile

擬似餌（ルアー）は、不動である

Rabat-joie est noir comme la suie

憂鬱の種は、黒い煤（すす）のようだ

Hurluberlu a la tête qui tourne

そそっかし屋の頭はくらくらしている

Imbécile a un sourire heureux

おばかさんは、いつも機嫌よく幸せな笑みを浮かべている

Smala[*50] déborde de partout

大世帯は、どこでもはみ出している

Rugueux s'avale d'un coup de glotte

ざらざらしたは、声門[*51]の一撃で飲み下される

[*50]　smala は、アラブ遊牧民の首長が率いる一族郎党のことで、集団で移動する。
フランス語の話し言葉では、「大世帯」「大勢のお供」などの意味で使われる。

[*51]　声門は、左右の声帯のひだの間にある隙間。Rugueux に含まれる [r] や [g] の
音は声門に息を強く当てて発音する破裂音である。

Croasser[52] a la voix grasse et grave

悪口を言う声は、くぐもって重たい

Loufoque[53] est une chimère amphibie

気のふれた人は、二重の性質を合わせもつキメラ[54]だ

Lourmarin[55] est fatigué de naviguer

ルールマランは、航海に疲れている

Dulcinée[56] se déhanche en marchant

あこがれの女性は、腰を振って歩く

Risotto a des aigreurs d'estomac

リゾット[57]は胸焼けがする

＊52　croasser には、「(カラスが) カアカア鳴く」という意味もある。本書 51 頁 Croissance croasse désagréablement

＊53　Loufoque には、loup「狼 (地上の生き物)」と phoque「あざらし (海の生き物)」が含まれている。

＊54　キメラは、ギリシア神話の、ライオンの頭、ヤギの胴、蛇の尾をもち、火を吐く怪獣。また、生物学では、異なる遺伝子型の組織が共存している生物体をいう。

＊55　ルールマランは、ヴォークリューズ県 (南仏、プロヴァンス地方) にある町で、特に航海との関連はない。Lourmarin と lourd marin (lourd 体が重い感じがしてだるい、marin 船乗り) の発音が同じであることからの連想？

＊56　Dulcinée は、ドン・キホーテの意中の姫ドゥルシネーア・デル・トボーソ Dulcinea del Toboso (フランス語綴り Dulcinée du Toboso) に由来する。ciné「映画館」から、映画女優が浮かんでくるが、名前は書かないでおく。

＊57　リゾットは、米をブイヨンで炊き込んだイタリア料理。エリチエさんにはた

Hoquet fait des courbettes

しゃっくりは、ぺこぺこさせる

Bouquet n'a pas d'allure

花束には、風情(ふぜい)がない

Chapon est rempli de cautèle

去勢鶏*58 は、警戒心が強い

Chaperon*59 est rond comme une bille

付添人は、ばかみたいに酔っぱらっている

Ping-pong distribue des baffes, tout simplement

ピンポンは、もっぱら、平手打ちの応酬だ

Rugby est une améthyste dans sa gangue

ラグビーは、母岩のなかの紫水晶である

Vélocipède*60 est un animal véloce à six pattes

足けり式自転車は、6本足の動物のように敏速に走る

　またま消化が悪かったのだろうか?

＊58　去勢鶏は、太らせて食用にする若鶏。比喩的に「腰抜け男」のことも言う。

＊59　Chaperon の ron の響きが「être rond 酔っ払っている」の rond と呼応している。
　　　rond には「丸い」という意味もあり、ここで「ばか」と訳した bille「球」も丸い。

＊60　Vélocipède = vélo「自転車」+ six (ci と同じ発音) + pède (→ pied 足) から、6

第一のルジストル

Saugrenu est une barre de sel gris du Sahel

突飛なは、サヘル[*61] で取れる棒状の灰色の塩

Vice versa sont des jumeaux qui se haïssent

互いに逆には、憎み合う双生児

Vergogne[*62] est impudique

羞恥心は、卑猥（ひ わい）である

Géhenne est une haute dune qui s'éboule et qu'il faut escalader

地獄は、くずれ落ちてくるが登らねばならない高い砂丘[*63]

Trublion est un ludion qui monte dans un bocal

アジテーターは、瓶のなかで浮き上がる浮沈子[*64] のよう

　本足の動物のイメージ。

* 61　サヘルは、サハラ砂漠の南縁に東西に延びる帯状の地帯。塩が取れるはず
　　はない。なお、saugrenu は、古いフランス語 saugreneux「辛辣な」の変形で、
　　saugreneux は saugrenée「塩味をつけた」＝ sau（sel「塩」の異形）＋ grain「穀物な
　　どの粒」に由来する。

* 62　vergogne は、現在では sans vergogne「図々しく」という表現でしか使われない。

* 63　もしかしたら、エリチエさんはアフリカのフィールドワークでそんな経験を
　　したことがあるのだろうか。

* 64　浮沈子は、アルキメデスの原理（液体に浸かる物体には、物体が押しのけた液体
　　の重量に等しい浮力が働くという法則）を理解させるための古典的な実験玩具で、
　　下向きに穴のあるガラスの小球。水を満たして密閉した容器のなかにこの浮沈
　　子を入れて容器を押したり離したりすると、浮沈子がくるくると浮いたり沈ん
　　だりする。

Prêle est insignifiante et méchante

トクサ*65 は、特にどうということもなく凡庸で、意地悪だ

Armistice fait long feu

休戦協定は、なかなか結果が出ない

Démocratie rutile même sous des haillons

民主主義は、たとえ襤褸をまとっていようともきらきら輝いている

Subtil s'envole comme les graines ailées du pissenlit

繊細なは、タンポポの綿毛のように軽やかに舞い上がる

Couiner agace les dents

〔子どもが〕ぴいぴい泣く声は、歯茎にしみる

Désopilant saupoudre d'une fine couche de sel

ものすごく笑わせる人は、塩*66 をうっすらちりばめる

Dandiner se dandine en effet

体を左右に揺すると、確かに、よたよたする

＊65　トクサは、常緑の植物で、茎に多量の珪酸を含むので堅くざらついていて、物を磨くのに使用する。

＊66　塩 sel には、ぴりっとしたもの、機知という意味がある。日本では、山葵を利かす？

第一のルジストル

Pavane s'effeuille, **Panade** s'étale et **Pivoine** exulte

パヴァーヌ＊67 は落葉し、**貧乏**は蔓延（はびこ）り、**芍薬**（しゃくやく）は喜びを隠せない

Escient est acéré comme un rasoir

分別は、剃刀のように切れ味がいい

Magnanime est majestueux tel Louis XIV

高潔なには、ルイ XIV 世のような威厳がある

Hauban est suspendu au dessus du vide

支索＊68 は、虚空に掛けられている

Frivole, **Fragile**, **Futile**, **Falbalas** ont des ailes de libellule

軽薄な、もろい、取るに足りない、ごてごてした飾りには、トンボの翅（はね）がある＊69

Ambiguïté est un pertuis qui va se resserrant

あいまいさは、徐々に狭まっていく狭窄部のようである

＊67　パヴァーヌは、16、17 世紀に流行した二拍子のゆったりした舞曲。

＊68　帆船のマストを支える索。

＊69　どの語にも [f] と [l] の音が含まれていて、トンボの薄くて軽やかな翅を思わせなくもない。cf. 本書 50 頁 Libellule est une demoiselle fière en organdi blanc

Aventure monte dans le ciel telle l'alouette

アバンチュールは、あげ雲雀（ひばり）のように空に舞い上がる

Sinécure se moque du qu'en dira-t-on

閑職は、人の思惑などおかまいなし

Solférino est une charge sabre au clair menée au tambour

ソルフェリーノ[70]は、太鼓の合図の下、抜刀したサーベルを掲げての猛攻撃

Cloporte[71] s'insinue partout

ワラジムシは、どこにでも忍び込む

Esperluette est guillerette et espiègle

&[72]は、発音すると快活で、いたずらっぽい

---

[70]　ソルフェリーノは、イタリア北部ロンバルト地方の地名。第二次イタリア独立戦争中の1859年6月24日、ナポレオン三世率いるフランス帝国とサルデーニャ王国の連合軍がオーストリア帝国軍と戦って勝利したことで知られる。この戦いの現場に遭遇したアンリ・デュナンがその惨状に衝撃を受け、国家に関係なく負傷者の治療に当たる専門機関の結成を訴えた。これが後の赤十字運動につながる。

[71]　cloporte には、門番、管理人という意味もある。

[72]　「&」は、「そして」を意味する記号。『人生の塩』97頁にも、「言葉を口にするときの感触を楽しむ、たとえば、さわやかな感じの esperluette……」という一節がある。

Guimauve*[73] ondule nonchalamment

マシュマロは、くねくね揺れる

Saint Glinglin est déglingué sous ses grelots

聖グラングラン*[74] は、自分の鈴の下敷きになってばらばら
になった

Sardanapale vit à Constantinople

サルダナパール*[75] は、コンスタンティノープル*[76] で生きて
いる

Guérilla a les yeux ardents de la zorille

ゲリラは、ゾリラ*[77] のように激しく燃える眼をしている

＊73　guimauve は植物のタチアオイ。マシュマロは、元はタチアオイ（英語名 marsh
　　　mallow）の根をすりつぶして作っていたことから、フランス語ではそのまま菓子
　　　名にもなっている。

＊74　聖グラングランという聖人は存在しない。それは、こういう理由だったのだ
　　　ろうか？ glin-glin という音から grelot「鈴」を連想したのだろう。déglingué にも
　　　glin という音が含まれている。ちなみに、« A la Saint-Glinglin »（「聖グラングラン
　　　の祭日に」）という表現があって（「第二のルジストル」163 頁）、現実には決して起こ
　　　らない出来事を言うために用いる。

＊75　サルダナパールは伝説上のアッシリア王。放蕩の限りを尽くした暴君として
　　　知られ、その最期は寵姫、侍者、財宝もろとも、自ら宮殿に火を放って死んだ
　　　と伝えられる。しばしば作品化され、バイロンの戯曲『サルダナパール』（1821）
　　　やそれを題材にしたドラクロアの『サルダナパールの死』（1827）は有名。

＊76　コンスタンティノープルは、イスタンブールの旧称。

＊77　ゾリラは、アフリカ産イタチ科の哺乳類。夜行性。スカンクに似て、肛門腺
　　　から悪臭を放つ。

Jéroboam ouvre grand la bouche

ダブルマグナム^{*78} は、口を大きく開ける

Omelette^{*79} joue les gros bras

オムレツは、腕っぷしが強いふりをする

Réputation est une sonnerie de clairon

評判は、ラッパの響き^{*80}

Hosanna vibre de tension contenue

ホサナ^{*81} を唱える声は、緊張を押し殺して、震えている

Saperlipopette^{*82} fait la culbute cul par-dessus tête

ちえっ、なんてこったは、とんぼ返りをする

Obligation fait claquer des menottes

義務は、手錠をカチッとかける^{*83}

＊78　ダブルマグナムは、3ℓ入り（通常ボトルの4本分）のシャンパンの大瓶。飲む人の口を大きく開けて会話をはずませるのかな？

＊79　omelette と発音の似ている hommelet「小柄で力のない男」を掛けて、皮肉っている。

＊80　評判は、良きにつけ悪しきにつけ、よく響き、よく伝わる。

＊81　ヘブライ語で神に救いを祈願する「救いたまえ」という叫び。

＊82　Saperlipopette は saperlotte とも言う。同じ意味の saprelotte や sapredié（← sacré +dieu）では、r の位置が sacré と同じ位置にあるが、Saperlipopette では re→er と逆になっている。

＊83　義務は自由を奪う。

Armure retentit dans les cryptes

甲冑は、教会の地下納骨堂でチリンチリンと鳴り響く*84

Cloaque se déverse sournoisement

汚水溜めは、密かにあふれ出る

Couac*85 est une baudruche qui éclate

カラスの鳴き声は、ゴム風船が破裂する音

Friselis sourit avec aménité

せせらぎは、穏やかに微笑む

Gorgeon rit de bon cœur

ぐいっと一杯は、ご機嫌で笑う

Stupéfait est un chien d'arrêt

茫然自失は、獲物を見つけて立ち止まるセッター犬*86 みたいに不動になる

＊84　夜中に昔の武者が歩いているのだろうか。

＊85　couac は、クラリネットなどの調子外れの音のこともいう。

＊86　セッター犬は猟犬の一種で、獲物を見つけるとその場でフセの姿勢をとって
　　止まり（セットして）、ハンターに知らせる。

Scorbut[87] compte les points sur un boulier

壊血病は、そろばんで点数をカウントする

Rodomontade est une ganache bravache

大言壮語は、空威張りの能無しのごとし

Superflu suscite l'étonnement

行きすぎは、驚きを引き起こす

Benoît a l'onctuosité[88] de la crème

親切ぶった人には、クリームのようなとろみがある

Eiffel fourbit de la dentelle

エッフェルは、鉄のレースを磨き上げる

Suave déglutit doucement

甘美なものは、ゆっくりと飲み込む

Fâcheux a de gros pieds couverts de boue

厄介者は、泥まみれの大足をしている

＊87　Scorbut には、score「得点」と but「得点」が含まれている。

＊88　「とろみ」と訳した onctuosité には、「わざとらしい（猫かぶりの）優しさ」という意味もある。

Armoire s'ouvre sur le silence de tombeaux violets

整理戸棚〔の開き戸〕は、紫色の墓の並ぶ沈黙に向かって開かれる *89

Cuiller a le goût acide du fer-blanc

スプーンは、ブリキの酸っぱい味がする *90

Hayon est dépenaillé (cela va de soi)

荷車の荷台の横木は、ぼろぼろになっている（言うまでもないことだ）*91

Scrupule est fermé comme une huître

良心の呵責は、牡蠣のように閉じこもっている

Scapulaire claudique fortement

スカプラリオ *92 は、ひどくぐらぐらした歩みをしている

Scolopendre est un incorrigible bavard

コタニワタリ *93 は度し難いおしゃべりである

＊89　本書、13-4 頁参照。

＊90　本書、14 頁参照。

＊91　時代が変わって、荷車は使われなくなった。

＊92　スカプラリオは修道者の肩衣。足までとどく 2 枚の布を肩の前後で結び合わせたもの。信仰の揺らぎを象徴しているのだろうか。

＊93　コタニワタリは、北半球の温帯に広く分布する常緑のシダ植物。scolopendre には、「オオムカデ」という意味もある。

Mesquin est en peau de crocodile

けちは、ワニの皮で出来ている[*94]

Mesclun s'amuse avec des cerceaux

メスクラン[*95] はフラフープで遊んでいる

Verdoyant saute par-dessus les haies

青々とした草が生け垣の上まで飛び出して伸びている

Saint Nom-la-Bretèche folâtre comme un jeune veau

サン＝ノン＝ラ＝ブルテッシュ[*96] は幼い子牛のように浮かれてはしゃいでいる

Crustacé[*97] est de la grosse faïence, **Langouste** de la porcelaine, **Crevette** du papier huilé

クリュスタッセはぶあつい陶器、**ロブスター**は磁器、**小エビ**は油紙だ

＊94　人に悪く思われても何とも思わない。面（つら）の皮が厚いのニュアンス？

＊95　メスクランは、南仏起源の若葉のミックスサラダ。レタス、シコレ、タンポポ、マーシュ、ルッコラなど、好みの葉類を用いる。サラダを水切り籠に入れて振り回しているイメージ？

＊96　イヴリーヌ県にある村の名前。村祭りなのだろうか。

＊97　Crustacé は、食用にする甲殻類。ロブスターや小エビも含まれるが、ここではカニなどの甲殻の厚みをたとえているのだと思われる。

第一のルジストル

Homard s'étale grassement dans un fauteuil

オマールはぜいたくにも肘掛椅子に身を横たえる

Vilebrequin porte une robe à crinoline

ハンドル錐[98] はスカートをクリノリン[99] でふくらませた洋服を着ている

Funambule crache comme une cheminée d'usine

綱渡り芸人は、工場の煙突のように息を吐き出す

Rastaquouère vous jappe aux mollets

金のありそうな素性不明の外国人は、あなたのふくらはぎのあたりでわめき立てる子犬を連想させる[100]

Retors grogne et montre les dents

狡猾な人は、ぶつくさ愚痴って、それから牙をむく

Rodomontade s'effarouche comme une pintade

空威張りは、ホロホロチョウのようにおろおろ逃げる

＊98　ハンドル錐は、ハンドルを回転させて穴を開ける錐。回転するハンドルの動きがふくらんだスカートを連想させるのだろうか。

＊99　クリノリンは、1850 年代、スカートをふくらませるために考案された下着。クジラのひげや針金を用いてつくられた。

＊100　本書 24 頁参照。

Bavardage est une rencontre de voiles à l'horizon

おしゃべりは、水平線に集合した帆船

Soudain est un petit nuage floconneux

突然には、ふんわり浮かんだ小さな雲

Caravage est un troupeau de bisons fonçant

カラヴァッジョ[101] は突進するバイソンの群れである

Thècle est un mouchoir en boule bien serrée

聖テクラ[102] は、固く握りしめて丸まったハンカチ

Rechigner part à reculons

しぶしぶするは、後ろ向きに進む

S'esbaudir pratique le saut en hauteur

浮かれるは、走り高跳びをする

---

[101]　カラヴァッジョ (1571 頃 -1610) は、イタリアバロック絵画の巨匠。劇的な明暗対比が特徴。喧嘩早いところがあり、決闘の相手を刺し殺し、殺人犯として逃亡生活を余儀なくされた。後に教皇より免罪されが、再び決闘し投獄された。本書 24 頁には、「Aの黒い塊、突撃するV、それにGの怒りっぽさ」とある。

[102]　女性の使徒 (1 世紀)。イコニウム (現在のトルコのコンヤ) の裕福な異教徒の家に生まれ、その後、聖パウロによって回心。数々の試練に耐え、最初の殉教者の一人として崇敬されている。

Mithridate extermine tout ce qui pousse autour de lui

ミトリダテス*103 は、彼のまわりに生えるものをすべて絶滅させる

Nabuchodonosor est un prétentieux plein de morgue et de suffisance

ネブカドネザル*104 は、高慢さと自己満足に満ちたうぬぼれの強い男だ

Archimède a la bouche pleine de petits cailloux

アルキメデスは、口に小石をいっぱい入れている*105

Titicaca est toujours fourré au jardin d'enfants

チチカカ湖*106 は、相変わらず幼稚園にある

---

* 103　ミトリダテス（前 132-63）は、小アジアにあったポントス王国の国王。三回にわたってローマと戦い、第三次ミトリダテス戦争でポンペイウスに敗れて自殺する。政敵による毒殺を恐れて、日頃から毒に関する研究を行い、世界初の解毒剤とされる「ミトリダティウム Mithridatium」の製造に関わったとされている。『人生の塩』46 頁でも、「へんてこりんな言葉を口の中で転ばせてみる」の例として、mithridatisation（毒の服用量を次第に増すことで免疫を得る方法）が出ている。

* 104　古代バビロニア王国の王（在位前 605- 前 562）。彼の名前から、nabuchodonosor は、ワインやシャンパン用の大瓶のこともいう。容量約 15 ℓ で、普通サイズの瓶 750mℓの 20 本分。

* 105　アルキメデス（前 287- 前 212）は、アルキメデスの原理（本書 67 頁、Trublion の項）を、風呂に入っていて湯が浴槽からあふれるのを見て、発見した（エウレカ！）と伝えられているが、これを証明するために小石を口に入れたりする実験もしたのかな？　小石を口に入れて、吃音を矯正したことで知られているのは、偉大な雄弁家の一人、デモステネス（前 384- 前 322）。

* 106　チチカカ湖はアンデス山中のペルー南部とボリビア西部にまたがる淡水湖。titicaca の音から幼児語の pipi（おしっこ）+caca（うんち）を連想している。

Prométhée a de grosses cuisses et de gros biceps

プロメテウス[107] には、太い腿と大きな力瘤がある

Abruti résonne comme le fond d'une caverne

間抜け[108] は、洞窟の奥のように反響する

Subodorer renifle et toussote

嗅ぎ当てるときは、鼻をぴくぴくさせ、何度も軽い咳をする

Balai[109] est un balèze qui se tient raide

箒は、しゃちこばった厳つい男を連想させる

Diabète est un rondouillard vêtu de flanelle grise

糖尿病はグレーのフラノの服を着た太っちょの男を連想させる

Chandelle[110] pend au nez

ろうそくは鼻にぶらさがる

---

* 107　プロメテウスは、ギリシア神話に登場する巨人族（タイターン）の一神。ゼウスの反対を押し切り、天界の火を盗んで人類に与えた存在として知られる。
* 108　間抜けは、人の言うことを、洞窟の奥が反響するように、ただ繰り返して言う。
* 109　balai と balèze には同じ音 [balɛ] が含まれている。
* 110　chandelle には「鼻汁」の意味もある。

第一のルジストル

Citrouille est mal fagotée

かぼちゃは、だらしのない身なりをしている

Corsage et **Justaucorps** étriquent et blindent sous les bras

ブラウスやレオタードは、窮屈で、両腕の下あたりで鋼板が
覆うように*111 身体をしめつける

Osso Bucco est un corps écartelé

オッソブーコ*112 は、四つ裂きにされた身体を連想させる

Incrédule crisse comme une sauterelle*113

疑い深い人は、キリギリスのように鋭いきしり声を出す

Trot est sans souci

馬のだく足は、のんきに見える

Galop imite la mer

馬の速足は海のリズムをまねている

＊111　『人生の塩』122 頁に、「両腕の下あたりで鋼板が覆うように体にフィットし
　　すぎる服も嫌い」という一節がある。

＊112　オッソブーコは、骨髄の入った子牛のすね肉を辛口の白ワインで煮込んだ
　　イタリア料理。

＊113　ここでキリギリスと訳した sauterelle には荷役用ベルトコンベアという意味
　　もある。

81

Caresse se pourlèche voluptueusement

愛撫は官能的に舌なめずりをする

Zèbre[114] croit être caché derrière son ombre

シマウマは、自分の影に隠れていると思っている

Insuffisance est une faille, une rupture, une ébréchure

能力不足は、一つの亀裂、断絶、欠損である

Juveigneur boit nectar et liqueurs

長子以外の息子も、果汁や果実酒を飲んで安楽に暮らす[115]

Hymen est une toile d'araignée scintillante de gouttes d'eau

処女膜は、水滴がきらめく蜘蛛の巣のようだ

Sigisbée est une monnaie florentine du XVIème siècle

〔18世紀イタリアで貴婦人に付き添った〕騎士は、16世紀フィレンツェの貨幣に刻印されている

Latitude respire profondément et ouvre grand les bras

自由は、深く呼吸して腕を大きく広げる[116]

＊114　zèbre には、話し言葉で「変なやつ」という意味もある。

＊115　封建制度下のブルターニュやポアトゥー地方では、長子以外の息子にも（使用権を譲渡するかたちで）采地が与えられた。

＊116　腕を広げるのは、人を迎え入れる動作。人は自由に振る舞えるとき寛大

第一のルジストル

Anesthésie s'interdit de bouger

無関心は、自ら動くことを禁じる

Émeri est un petit oiseau qui s'égosille

エメリー*117 は、声を限りにさえずる小鳥

Cahier*118 roule sous la paume comme du gravier

手帳は、砂利のように手のひらから滑り落ちる

Boulevard est confortable

大通りは、心地よい*119

Catimini*120 est innocence perverse

人目を盗んでは、邪な無邪気さ

Catamaran est lourdaud

双胴船は、愚鈍に見える*121

になる。

* 117　エメリーは変成岩の一種で、粉砕して研磨材として用いる。擦るときの音
　　　から小鳥のさえずりを連想したのだろうか。

* 118　cahier と caillou「砂利」の音の類似からの連想？

* 119　Boulevard は本書 58 頁にも。

* 120　catimini は、ギリシア語の katamenia（月ごとの→月経）に由来する語だが、現
　　　在は en catimini（人目を盗んで、こっそりと）という表現でのみ用いられる。

* 121　実際は、かなりスピードが出るそうだ。

Émouvant a les genoux qui flanchent

心を揺り動かすは、膝ががくがくしている

Copain est une géode de pierre dure

友だちは、硬い石のジオード*122 のようだ

Serpillière*123 est une couleuvre irisée

床用の雑巾は、虹色の蛇みたい

Autruche est pataude

ダチョウは、太ってのろまに見える

Autriche*124 est dévergondée

オーストリアは、ふしだらだ

Artifice est plein de certitudes et de gadgets

策略には、確信と思いつきがないまぜに詰まっている

Primesautier se porte comme une robe de couleur du temps

陽気な人は、スカイブルーの洋服のようにはつらつとしている

＊122　ジオードは、岩石・鉱物などの内部の中空の球状体。内壁はしばしば結晶
　　　で覆われている。

＊123　serpillière から、serpent「蛇」を連想したのだろうか？

＊124　Autriche から、triche「いんちき、ぺてん」を連想？

第一のルジストル

Palimpseste est convulsé de tics

パリンプセスト*125 は、痙攣して引きつっている

Glotte est un coup de sabots

声門は、ひづめの一撃*126

Obsolète est une belle ogive à vitraux

廃れたものは、ステンドグラスの美しい尖頭アーチ*127

Azalée est un tanagra fragile

アザレアの花は、壊れやすいタナグラ人形*128 を思わせる

Gentiane est coupante sur les bords

リンドウは、少し威圧的だ

Gertrude a de la vertu

ゲルトルートには、美徳がそなわっている

---

* 125　パリンプセストは、元の文字を消して、新たに文字を書いた羊皮紙の写本。一度消したために、ざらざらしたり、引きつれたりしていることがある。

* 126　un coup de glotte「声門の一撃」については、本書 25 頁を参照。ここで「ひづめ」と訳した sabot には、「木靴」という意味もある。

* 127　尖頭アーチ (ogive) は、中世ゴシック建築の特徴の一つで、アーチの中央が尖った形をしている。

* 128　タナグラ人形は、ヘレニズム期につくられた彩色テラコッタで、ギリシアのタナグラで出土した。

Germaine[129] a les reins solides

ジェルメーヌは、しっかりした腰をしている

Energumène est un polyglotte grand voyageur

熱狂的な人は、数カ国語を話す大旅行家

Raminagrobis est un rondouillard qui porte des pantoufles grises

ラミナグロビス[130] は、太っちょで、灰色のスリッパを履いて
いる

Conflans-Sainte-Honorine est endimanchée un jour de foire

コンフラン＝サントノリーヌ[131] は、祭りの日に晴れ着を着て
いる

Gosier est un jeune homme bien sapé

喉[132] は、パリっとした身なりの若い男

---

* 129　Germaine は、固有名詞ではなく、「ゲルマン人の女性」かもしれない。ゲル
マン人の大移動からの連想？
* 130　ラブレーの『ガルガンチュアとパンタグリュエル』「第三の書」に登場する
詩人の名前。なお、ラ・フォンテーヌの『寓話』にも同じ名前の猫が登場して動
物同士の喧嘩の審判をする。
* 131　コンフラン＝サントノリーヌは、イヴリーヌ県の町の名前。オワーズ川と
セーヌ河の合流点にあり、フランスの河川運送の中心地。毎年 6 月に、川船祭
りが開かれる。祭りの間、コンフランから川船の行列がセーヌ川を下り、パリ
の無名戦士の墓には松明が点灯されるそうだ。
* 132　ネクタイを締めた若い男性の喉仏 (pomme d'Adam) を思わせる。

第一のルジストル

Suave a les douces plumes d'un épervier

心地よいには、ハイタカ*133 の柔らかな羽毛の感触がある

Oulan-Bator est un grand cimetière où tournent les désespérés

ウランバートル*134 は、絶望した人々が巡る広大な墓地

Déconfiture colle et coule de partout

権威失墜は、べとべとくっつき、あちこちから漏れ出て、どうしようもない*135

Subterfuge frisotte et porte des plissés

言い逃れは、髪が縮れて、しわのよった布をまとっている

Fracasser a la hauteur silencieuse du basalte

砕けるには、玄武岩の静かにそびえ立つ崇高さがある

Épousailles est un aimant qui coagule le mouvement

婚礼は、動きを凝固させる磁石である*136

＊133　ハイタカはタカ科の鳥の名前。

＊134　モンゴルの首都。

＊135　「べとつく」と訳した coller には「試験に落ちる」という意味、「漏れ出る」と訳した couler には「失脚する、倒産する」という意味もある。訳者は、déconfiture と confiture「ジャム」のイメージを重ねてみた。

＊136　結婚は伝統や法律によって、人々を一定の方向にまとめ、自由を奪うと言っているのだろうか。un aimant は un amant「恋人（男性形）」との掛け詞にもなっている。

Remontrance est un gros percheron aux pattes poilues qui avance pesamment

叱責は、重い足取りで進む、毛深い脚の、ペルシュ*137 産の太った輓馬を思わせる

Viviane a le coupant de l'acier

ヴィヴィアンヌ*138 は、鋼（はがね）の刀をもっている

Décrépitude va gaiement bras dessus bras dessous

老衰は、腕を組みあって、陽気に進む

Sardanapale est noir comme Belzébuth

サルダナパール*139 は、ベルゼブル*140 のように邪悪である

Sinistre*141 agace les dents

不吉なことは、歯にしみる

＊137　ペルシュは、イル＝ド＝フランスとノルマンディーに接する丘陵地帯で、荷馬の飼育で有名。

＊138　アーサー王伝説に登場する湖の妖精。ペリノア王との戦いに敗北し、剣を折られたアーサー王に、エクスカリバーと称される 2 本目の剣を渡したとされている。

＊139　サルダナパールは、伝説上のアッシリア王。本書 71 頁参照。

＊140　ベルゼブルは、新約聖書で「悪霊のかしら」とされている。

＊141　Si-ni-stre は、発音すると、どの音も上下の歯が当たる。

第一のルジストル

Étamine émoustille et chatouille
エタミーン＊142 は、肌を刺激し、くすぐる

Fondrière pointe un revolver
でこぼこ道の**水たまり**は、ピストルのねらいを定める＊143

Judicieux est un ananas coupé en deux
正しい判断力をもつ人は、二つにすぱっと切り分けたパイ
ナップルのようだ

Longanimité est une barrière en bois blond d'érable
辛抱強さは、カエデの黄金色の木で出来た柵

Querelle est un derrière de lapin qui court dans l'herbe
喧嘩は、草のなかを走るウサギのお尻

Soliloque est un fauteuil profond
独り言するなら、ふかぶかとした肘掛椅子

Urticaire est une boîte à pilules
蕁麻疹は、丸薬用の小箱＊144

＊142　目をやや粗く織った、薄い綿織物。
＊143　泥水が跳ね返ってきて命中する？
＊144　箱のなかに並んだ丸薬に似ている？

Résipiscence est une longue chenille velue et urticante

悔悟は、毛むくじゃらでちくちくする大きな毛虫のよう

Ordre claque comme un drapeau

命令は、はためく国旗と同じようによく響く音を立てる

Florilège est effectivement un bouquet de fleurs

詞花集は、確かに一つの花束である

Désespoir est de l'eau brune

絶望は、茶色く濁った水のようだ

Puisaye est en demi-deuil

ピュイゼ地方*145 は、半喪に服している

Astringent a beaucoup de ressources

収 斂剤は、豊富な潜在能力をもっている

Faribole est lunatique

くだらぬ考えは、気まぐれである

---

*145　パリ盆地の南部、ロアール河中流右岸に広がる森林地域。伝統的なイメージは、湿気の多い緑の小さな谷間に森と池のある地域。

第一のルジストル

Simulie est un gros hanneton luisant

蚴^{ぶゆ}は、大きな光るコガネムシ

Foutraque est habillé n'importe comment

頭のおかしい人は、いい加減な身形^{みなり}をしている

Dérisoire est un réticule en vieil argent

取るに足らないのは、古い銀で出来た小さな手提げ鞄

Larmichette*146 est un coup de pied dans un ballon

ほんのわずかな涙が、ボールを蹴っ飛ばす

Incongruité a mal au coeur

不作法は、吐き気がする

Ésotérique est une grosse lime à bois

奥義に通じたは、木を削るための粗目やすり

---

* 146　larmichette = très petite larme「ほんの一滴^{しずく}の涙」。ただし、ここで「ボール」
　　　と訳した ballon には「アルコールテストのための風船」という意味もあるので、
　　　「ほんのわずかなアルコール」との連想？

Rossellini est un petit tournedos[*147]

ロッセリーニ[*148] は、まさに牛ヒレ肉のステーキのように素
晴らしい

Vive est coupante comme un rasoir

ハチミシマ[*149] に刺されると、剃刀のように痛い

Courroux est un taureau à l'épaisse encolure

憤怒は、首の太い雄牛を思わせる

Muguet est tendre espérance

スズランは、おだやかな希望のようである

Éphéméride est un papillon blanc qui se plaît dans les choux

日めくりカレンダーはキャベツのなかにいるのが好きな白い蝶[*150]

Trachéite est une chasse à mort dans une forêt

気管支炎は、森のなかで必死に獲物を追い詰めるときのよう
に息苦しい

＊147　tournedos は「牛ヒレ肉の切身」。イタリアの作曲家ロッシーニにちなんだ料
　　　理 tournedos Rossini「(フォアグラ添え) 牛ヒレ肉のグリエ」との連想。ただし、こ
　　　こでは un petit tournedos「小さい切身」と言っている。
＊148　ロッセリーニは、イタリアの映画監督。
＊149　ハチミシマはスズキの類の海産魚で、ひれに毒刺がある。
＊150　本書 25 頁参照。

第一のルジストル

Écho est un coup de glotte ou de menton

こだまは、声門またはあごへの一撃である[151]

Saltimbanque vit au coeur des tornades

軽業師は、竜巻のただなかで生きている

Esthéticienne est un grand déballage de linge en vrac

美容師は、シーツやタオルを手当たり次第に荷ほどきする[152]

Capilotade est de la salade de roquette

〔肉や野菜の〕ごった煮は、ルッコラのサラダ[153]

Solitude n'a pas de colère

孤独は、怒りの感情をもたない

Cacatoès[154] est bavard et fécond

オウムは、おしゃべりで、繁殖力が強い

Sérendipité est calme et industrieux

セレンディピティ[155]は、冷静で目端が利く

---

[151] 本書 25 頁参照。

[152] 「荷ほどき」と訳した déballage には、「打ち明け話」という意味もある。

[153] どちらも、ありあわせのものを刻んで入れるのが似ている？

[154] cacatoès は、オウム科の鳥で頭に鮮やかな色の冠羽がある。

[155] セレンディピティは「思いもよらなかった偶然がもたらす幸運」、また「幸運

Gerfaut est une encoignure[156] en relief fort blessante

シロハヤブサの嘴は、隆起した三角コーナーの形をしていて
ぶつかると非常に痛い

Spectre est sec comme un coup de trique[157]

幽霊は、がりがりに痩せている

Tourterelle est toute belle

コキジバトは、まったくもって美しい

Anachorète garde des brebis et porte des braies

世捨て人は、雌羊の番をし、〔ゴール人が着用したような〕ゆっ
たりとしたズボンをはいている

Anacoluthe joue de la flûte traversière

破格構文[158]は、トラヴェルソ[159]を吹く

　な偶然を引き寄せる能力」を意味する。この言葉の語源は、セレンディップ王国（現
　在のスリランカ）から旅に出た王子三人が、優れた知恵や洞察力を発揮して幸運な
　偶然を手にしていくという、ペルシャの昔話『セレンディップの三人の王子たち』
　から、イギリスの小説家ホレス・ウォルポールが生み出したといわれている。

＊156　encoignure は、（部屋の隅に置く）三角形のコーナー家具。

＊157　sec comme un coup de trique には、比喩的に、「無神経で、冷酷で、無関心で
　ある」という意味もある。

＊158　破格構文とは、独立した形では文法的に正しいが、結合すると破綻を来す
　構文のこと。たとえば、Elle berce son enfant と Elle sourit à son enfant が Elle berce et
　sourit à son enfant のように結合すると、文法的に破綻を来す。

＊159　トラヴェルソは、木管の横笛で、今日のフルートの前身。

第一のルジストル

Cothurne [160] s'emporte et monte sur ses grands chevaux [161]

編み上げの半長靴は、我を忘れ、居丈高になる

Superfétatoire trompette comme une vieille pétoire

余計なものは、古い拳銃のように大きな音を立てて吹聴する

Passerelle [162] est un petit oiseau léger

歩道橋は、軽やかな小鳥

Rue [163] est une tranchée d'eau verdâtre

道とは、くすんだ緑色の水のたまった溝である

Cohue [164] est une berline à deux chevaux

雑踏は、二頭立てのベルリン型馬車 [165]

---

* 160 cothurne は、（古代ギリシア、ローマの）編み上げの半長靴。特に、悲劇役者
　　が背を高く見せるために履いた厚底靴。そこから、悲劇の意味でも用いられる。

* 161 monte sur ses grands chevaux については本書 118 頁を参照。

* 162 本書 24 頁参照。

* 163 本書 14-5 頁参照。エリチエさんがフィールドワークをしていた地域の道は
　　こうだったのだろうか。災害復旧の進まない地域の道も浮かんでくる。

* 164 cohue は、雑踏、混雑という意味だが、hue には、馬に呼びかける「はいど
　　う（前に）」という意味がある。

* 165 ベルリン型馬車は、御者席が外にある対面式座席の 4 人乗り箱馬車。ベル
　　リンで初めて製造され 1670 年頃に流行した。

Trigonométrie[166] est l'art de mesurer les serpents

三角法は、蛇の寸法を測る技術である

Gaillardise est une friandise fourrée d'alcool

少し卑猥な言動は、アルコール入りのフリヤンディーズ[167]

Agricol Perdiguier est un homme efflanqué et austère qui porte des godillots

アグリコル・ペルディギエは、軍靴を履いた、痩せていかめしい男を連想させる[168]

d'Artagnan a l'âme d'un barbu avant l'âge

ダルタニアン[169] は、心に年齢より早くひげを蓄えている

Carapater[170] file comme l'éclair du diamant

さっさと逃げるは、ダイヤモンドのきらめきのように立ち去る

---

* 166　Trigonométrie の trigono から trigonocéphale という三角形の大きな頭が特徴のクサリヘビ科の毒蛇を連想し、「測定、尺度」という意味の合成語要素 – métrie と合わせて、蛇の寸法を測るという発想が生じたのだろうか。
* 167　フリヤンディーズは、指でつまんで食べる甘い小さいお菓子。friand は「美味な、心をそそる」という意味。
* 168　本書 20 頁。
* 169　アレクサンドル・デュマ『三銃士』の主人公の一人。
* 170　普通は代名動詞 se carapater のかたちで用いる。

第二のルジストル

【凡例】

下記を参考に慣用句の意味を《　》内に示した。

［篠沢＋マレ］：篠沢秀夫＋ティエリ・マレ『フランス成句の宝庫』、総合法令出版、2001年

［田邊 59］：田邊貞之助『ふらんすの故事と諺』、紀伊國屋書店、1959年

［田邊 76］：田邊貞之助『フランス故事ことわざ辞典』、白水社、1976年

［ギロ］：ピエール・ギロ『フランス語の成句』（窪川英水＋三宅徳嘉訳）、白水社、1987年

［渡辺＋田中］：渡辺高明＋田中貞夫『フランス語ことわざ辞典』、白水社、1977年

［ヴェイユ＋ラモー］：シルヴィー・ヴェイユ＋ルイーズ・ラモー『フランス故事・名句集』（田辺保訳）、大修館書店、1989年

［R］：Alain Rey et Sophie Chantreau, *Dictionnaire des expressions et locutions figurées*, les usuels du Robert, 1979

太字は二度以上出ていた全く同じ表現。二度目以降は省略。

se fendre d'un sourire jusqu'aux oreilles

口が耳までさけるような笑い顔をする《満足して満面の笑みをたたえる》

rire à gorge déployée

喉を拡げて笑う《大声で笑う》

faire grise mine

灰色の顔をする《冷たく振る舞う》

avoir les nerfs en pelote

巻いて玉にした神経をもつ《ひどく苛立っている》

se heurter à un mur (d'ignorance, de haine, d'incompréhension…)

〔無知、憎悪、無理解などの〕壁にぶつかる

hurler avec les loups

狼とともに吠える《多数派に同調する、朱にまじわれば赤くなる》[1]

bayer aux corneilles

ぽかんと口を開けてカラスに見とれる《ぼんやり時を過ごす》

faire les quatre cents coups[2]

大砲を 400 発撃つ《無分別な振る舞いをする》

y aller à reculons

後ずさりする

＊1　cf.〔田邊 59〕49-50 頁。
＊2　ちなみに、フランソワ・トリュフォー監督『大人は判ってくれない』の原題は
　　Les quatre cents coups.

se tirer des flûtes
フルートのような長い足で逃げ出す《一目散に逃げ出す》

mettre les pieds dans le plat
料理のなかに足を突っ込む《へまをやらかす》

prendre à rebrousse-poil
毛並みに逆らって捉える《神経を逆なでする》

fouler aux pieds
足で踏みつける《あからさまに軽蔑する》

entrer dans le vif du sujet
問題の核心に入る

rouler des yeux de merlan frit
フライにした鱈の目みたいな目をきょろきょろさせる《腑抜けのようにぼーっとしている》

faire une bouche en cul-de-poule
唇を雌鶏のお尻のような形にする《おちょぼ口をする、しなをつくる》

s'approcher à pas de velours
ビロードのように柔らかな足取りで近づく《足音を立てずに
近づく》

avoir une araignée dans le citron*3
レモンのなかに蜘蛛の巣がある《頭がおかしい》

constater que c'est « ni fait ni à faire »
「出来ていないし出来そうにもない」と認める《「手のつけよ
うのない出来そこないだ」と認める》

se tenir à croupetons*4
しゃがんでいる

tailler des croupières
鞦（しりがい）*5 を切る《追い打ちをかける、窮地に陥れる》

＊3　［R］に avoir une araignée dans la coloquinte コロシント（ウリ科スイカ属）のなかに
　　蜘蛛の巣がある、という同じような例がある。
＊4　croupetons は、現在では à croupetons「しゃがんで」の形でのみ使われる。
＊5　croupière「鞦」は、馬の後躯を保護する馬具で、これを切ると鞍がずれやすく
　　なり、馬を制御しにくくなる。［田邊 76］315 頁によると、昔の戦闘で、騎兵隊が
　　敗走し、急追してくる敵から逃れようとして必死に乗馬の尻を叩き、ついに鞦
　　を切ってしまったことから出ている。

第二のルジストル

tailler une bavette*6

よだれかけを裁つ《おしゃべりをする》

suer comme un boeuf

雄牛のように汗をかく《大量に汗をかく》

vomir tripes et boyaux

はらわたまで吐き出す《食べた物をすべて吐き出す》

s'en battre l'oeil*7

自分の目を叩く《意に介さない、無視する》

jouer des coudes

肘で掻きわける《人を押し分けて進む、あらゆる策を弄して
のしあがる》

---

*6　複数形で tailler des bavettes とも言う。[ギロ] 89-90 頁によると、bavette は、多
　くの方言で、bavardage「おしゃべり」の意味をもち、もとの表現は faire une
　bavette であったに違いないが、bavette が赤ん坊の bavette「よだれかけ」と同音
　であるところから、後に、tailler une bavette「よだれかけを裁つ」というイメージ
　が導き出されたとしている。また、[R] 72 頁によると、tailler という動詞は、13
　世紀の初めから、tailler bien la parole à qn「雄弁に語る」のように、parole の文脈
　で用いられていたという。いずれにしても、「わが子のよだれかけを裁ちながら、
　女どうしが戸口でおしゃべりした」というのは素朴な解釈であるらしい。

*7　この成句は元来は目と何の関係もない。かつて、無関心を表す卑猥な身振り
　があった。自分の尻を叩くのである。cf.［篠沢＋マレ］221 頁。

101

partir en catimini*8
こっそり出発する

ronronner d'aise
猫が喉をごろごろ鳴らすように、満足して喉をならす《心地
よく満足している》

s'en pourlécher les babines
唇をなめる《舌なめずりをする》

crier famine
飢えを訴える

pousser des cris d'orfraie
オジロワシのような鳴き声を出す《金切声を上げる》

partir à vau-l'eau*9
水の流れに沿って行く《身の破滅に向かう》

se démener comme un beau diable
悪魔のように暴れる《猛烈に暴れまわる》

＊8 「第一のルジストル」本書 83 頁を参照。
＊9 vau-l'eau は、現在では、à vau-l'eau「(船などが) 流れのままに」の形でのみ使われ
る。(s'en) aller à vau-l'eau.「(計画などが) 霧散する、流れる」。

第二のルジストル

rouler des mécaniques
しっかりした体躯を揺する《攻撃的で威張った態度を取る、
嵩に懸かる》

faire la pluie et le beau temps
天候を意のままにする《絶大な権勢を振るう》

rouler à tombeau ouvert
墓の口を開けて、突っ走る《猛スピードで車を走らせる》

s'en moquer comme de sa première chemise
子どものときに初めて着た服を思い出さないのと同じくらい
気にかけない《全然気にかけない、歯牙にもかけない》

errer comme une âme en peine
苦しんでいる死者の魂のようにさまよう《独り寂しくさまよう》

aller son petit bonhomme de chemin
こつこつとマイペースで進める

tailler les oreilles en pointe*10
耳の先端を切る《厳しく叱責する》

＊10　逃亡に失敗した奴隷の目印のために耳の端を切ったという説がある。

passer un savon*11 de première
第一級の石鹸を渡す《こっぴどく叱りつける》

pouvoir embrasser une chèvre entre les cornes
山羊の角と角の間にキスをする《非現実的で実現するのは難しい》

ne pas y aller par quatre chemins
四通りの道を行かない《まわりくどいことをせず、目的に直進する》

ruer dans les brancards
〔馬が〕轅*12 の間で後脚で蹴る《〔束縛を脱するために〕激しく反抗する》

pleuvoir des hallebardes
十文字槍が降る《土砂降り、車軸を流すような雨が降る》*13

taper à bras raccourcis
腕まくりして打つ《容赦なく攻撃する》

＊11　savon「石鹸」には「大目玉」という意味もある。
＊12　轅は馬車などの前方に長く突き出ている二本の棒で、先端に渡した軛を馬の頸の後ろにかけて、馬車をひかせる。
＊13　cf. 本書 45 頁。

第二のルジストル

foncer dans le tas
山積みになったものに向かって突進する《困難や障害に果敢
に挑む》

arriver à pas de loup
狼の足取りでやってくる《抜き足差し足でやってくる》

faire des yeux de biche
雌鹿のような目をする《柔和な目をする》

tourner comme un ours en cage
檻のなかの熊のように歩き回る《苛立っている》

aller à la va comme je te pousse
押されるままに進む《成り行き任せにする》

en mettre plein la vue*14
目を見張らせる《眩惑する、圧倒する》

en avoir gros sur la patate/gros sur le coeur
そのことでポテトがいっぱいである／心がいっぱいである
《〔悲しみ、恨み、怒りなどで〕胸がいっぱいである》*15

───────────────
＊14　cf. 本書 112 頁。en jeter plein la vue
＊15　patate はさつま芋だが、じゃが芋の俗な名でもある。心労の大きな塊がいっ

105

prendre tout pour argent comptant[16]

何でも現金のように確かなものだと思う《〔人の話などを〕真に受ける、簡単に信じ込む》

avoir du plomb dans l'aile

翼に弾丸を受けている《危機に瀕している》

avoir une cervelle d'oiseau

鳥の脳みそをしている《軽率で愚かである》

avoir un fil à la patte

脚に糸がからんでいる《自由にならない》

avoir un poil dans la main

手のなかに毛がはえている《ひどい怠け者だ》[17]

avoir une araignée dans le plafond

天井に蜘蛛がいる《少し頭がおかしい》[18]

ぱい詰まって大きくふくらんだ心は、なんだか不格好でじゃが芋に似ている。心をじゃが芋にたとえて、自戒し皮肉っているようにも思える。cf. ［篠沢＋マレ］184-5 頁。

＊16　argent comptant 現金、確実なもの。

＊17　道具をもって働いていれば、すりきれて、手のひらに毛がはえることはない。［田邊 59］13 頁。

＊18　頭のなかの天井に蜘蛛の巣がはっているのだろう。

第二のルジストル

en avoir plein le dos

背中いっぱいに担(にな)う《うんざりだ、もうたくさんだ》

en avoir par-dessus la tête

頭の上まで詰まっている《うんざりだ、もうたくさんだ》

avoir le coeur au bord des lèvres

心臓が唇の端にある《吐き気がする》

avoir le coeur sur la main

心を手にもっている《思いやりがある、気前がよい》

avoir le coeur en berne

心が半旗である《喪の悲しみに沈んでいる》

rire de bon coeur

心から笑う

avoir les yeux plus gros que le ventre

腹より大きな目をしている*19《大それた野心を抱く》

─────────────
＊19　見るものを何でも、食べきれないほど食べたがる。破滅に終わる壮大な計
　　画に用いる。cf.［篠沢＋マレ］216-7頁。

107

dormir sur ses deux oreilles

二つの耳の上に眠る《枕を高くして眠る》*20

se rincer l'oeil

目を洗う《美しいものを見て〕目の保養をする》

tirer le diable par la queue

悪魔の尻尾を引っ張る《日々の糧を得るのに難儀する、ひどい貧乏暮らしをする》*21

avoir la berlue

幻覚を見る《思い違いをする、幻想を抱く》

se prendre les pinceaux

筆〔＝足〕が巻き込まれる《言動が混乱して訳が分からなくなる》*22

＊20　右の耳でも左の耳でも、自由に寝返りを打って眠る。cf.［田邊59］32 頁（［田邊76］208 頁）。

＊21　あまりの窮状に、悪魔に魂を売ってでも助けを借りようとするが、悪魔さえ逃げようとするので、尻尾をつかんで引き止めなければならないほどである。ちなみに、西洋の悪魔には角と足と山羊の尻尾があるそうだ。cf.［篠沢＋マレ］187 頁。また、［渡辺＋田中］95 頁には、悪魔を貧乏神と見立て、それを追い払おうと闘う男のイメージと、逆に、悪魔を金持ちと見立て、その援助を得ようとして尻尾を引っ張るという二つの説が紹介されている。

＊22　一説によると、現在では、「アルコールや薬物の影響を受けて興奮したり、混乱したりする状態をいう」とのこと。

第二のルジストル

faire sa chattemite

猫をかぶる

faire son beurre de quelque chose

〔何か〕からバターをつくる《〔何か〕から利益を得る、〔何か〕
を活用する》*23

faire des gorges chaudes*24

温かい生肉を手に入れる《物笑いにする、からかって面白がる》

y aller à l'emporte-pièce*25

押抜き機のように振る舞う《思い込んだことを一筋に押し通
す》

se porter comme un charme

魔法のように元気である《元気はつらつとしている》

---

*23　この利益は必ずしも財政的なものに限らない。単に faire son beurre 自分のバ
　　ターをつくる《財をなす、金を稼ぐ》という表現もあり、こちらは、多くの場合、
　　軽蔑的に使われる。cf.〔篠沢＋マレ〕186 頁。

*24　gorge chaude には、鷹狩で餌として鷹に与える生肉という意味があり、獲物
　　のまだ生温かい体からとって、先に鷹に褒美として与える一口の肉のことで、
　　時には鷹が自分でとることもあるそうだ。それがなぜこの成句のような意味に
　　変わったのかは、〔ギロ〕95 頁を参照。

*25　l'emporte-pièce は、（押して型を抜く）押抜き機、穴あけ機。

pousser grand-père dans les orties*26
おじいちゃんをイラクサのなかに押しやる《図に乗る、やりすぎる》

jeter en pâture aux lions
ライオンの餌食にする《批判〔非難、攻撃〕の対象にする》

courir à perdre haleine
息せき切って走る

courir ventre à terre
腹を地面につけて走る《全速力で、大急ぎで走る》*27

courir comme un dératé*28
脾臓を除去した動物のように走る《非常に速く走る》

jeter son bonnet par-dessus les moulins
風車の上に帽子を投げる《女性が奔放に振る舞う》*29

_____

＊26　ortie「イラクサ」は、触れるとヒリヒリして痛い。faut pas pousser mémère dans
　　les orties おばあちゃんをイラクサのなかに押しやるな《図に乗るな、ほどほどに
　　しろ》という表現もある。
＊27　全速力で駆ける馬は腹が地面に着くように見えることから。
＊28　dératé（脾臓を除去した動物）は身体が軽く敏捷になると考えられていた。ロー
　　マの大プリニウスの『博物誌』にそうした記述があるそうだ。詳しくは、［ギロ］
　　27 頁を参照。cf.［田邊 59］25 頁、［田邊 76］218 頁。
＊29　18 世紀までは「降参する、匙を投げる」という意味だったが、19 世紀以後、

第二のルジストル

ne pas encadrer quelqu'un
〔人を〕額に入れない《嫌いである、我慢がならない》

jurer comme un charretier
馬方のように罵る《口汚く罵る》

avoir pour quelqu'un les yeux de l'amour
恋人のような目で見る《あまり大したことのない人やものを
実際以上に美しく見る》

brûler la chandelle par les deux bouts
ろうそくを両端からともす《乱費する、心身をすり減らす》

battre la campagne
野原を四方八方、駆け巡る《取り留めのない空想にふける、
戯言を言う》

frétiller d'aise
満足して体を小刻みに震わせる《嬉しくてそわそわする》

―――――――――
　殊に女性が世間の評判や慣習や道徳を無視して勝手気ままな行動をする意味に
変わった。cf. ［田邊 59］55-6 頁。

111

être de guingois*30

斜めに曲がっている、調子が悪い

tordre du nez

鼻に皺をよせて顔をしかめる《軽蔑する》

en jeter plein la vue

目を見張らせる《眩惑する、圧倒する》

puer le fric à plein nez

鼻先で金の匂いをぷんぷんさせる《いかにも金持ちそうに自分の富を見せびらかすこと》

par ici les mains pleines

ここには両手にいっぱいのいいことがある

par ici la bonne soupe*31

ここではうまい汁にありつけるぞ

la moutarde me monte au nez

辛子が鼻につんとくる《怒りがこみ上げてくる、癇癪をおこす》

＊30　guingois は、現在では、de guingois「斜めに」の形でのみ使われている。

＊31　soupe「スープ」はさまざまな利益、たとえばお金などを象徴している。

avoir les oreilles qui sifflent

耳鳴りがする《人に噂されている》*32

n'en pas croire ses yeux ni ses oreilles

自分の目や耳を信じられない《明白なことをなかなか認められない》

en avoir ras-le-bol*33

鉢にすれすれいっぱいだ《うんざりする》

en avoir ras la casquette

帽子のふちまでいっぱいになっている《飽き飽きしている、うんざりしている》

avoir la gorge serrée

〔不安、悲しみで〕喉が締めつけられる

bâiller comme un phoque

アザラシのように大きなあくびをする

---

*32　日本ではクシャミをすると、「人が噂している」と言うのと似ている。〔田邊59〕65頁に Les oreilles doivent vous avoir tinté《さんざんあなたの噂をしたので、耳鳴りがしたはずだ》」という成句が載っている。

*33　La coupe est pleine 鉢はいっぱいだ《もう限界だ》の変型。ただし、bol には「尻」という意味もあり、下卑た表現である。

avoir une tête de papier mâché[34]

紙粘土のような顔をしている《やつれた青い顔をしている》

en voir de toutes les couleurs

あらゆる色彩を見る《辛酸をなめる、さんざん苦労する》

être aux cent coups

鐘の 100 撞き《不安である、非常に動揺している》[35]

être sens dessus dessous

上下が逆さまである《気が動転した、乱雑を極めた状態である》

détaler comme un lapin

脱兎のごとく逃げ出す

vider les étriers

鐙 から足を外す[36]《落馬する、信用を失う、劣勢に回る》

ne pas payer de mine

見栄えがしない、見てくれが悪い

＊34　papier mâché は、ほぐした古紙または製紙パルプに膠などの接着剤を加えて
　　　つくる。
＊35　本書 35 頁。朝課（カトリックで、夜明け前に唱える最も重要な祈り）に遅れない
　　　ように、鐘を鳴らして知らせていたことから？
＊36　馬をコントロールできなくなるので、うまく走れない。

第二のルジストル

à bâtons rompus
折れたバトンで《〔太鼓の打ち方が〕とぎれとぎれに、脈絡なく、支離滅裂な》

traiter de noms d'oiseaux
鳥の名前で呼ぶ《侮辱する》[37]

boire comme un trou
穴のように飲む《底なしに酒を飲む》[38]

emboîter le pas
前の人の足跡を踏む《真似をする、いっせいに足並みをそろえる》

suivre comme un seul homme
ただ一人の人のようについていく《いっせいに追随する、そろって、満場一致で》

aller de l'avant
〔船が〕前進する《積極的に行動する、思い切った行動を取る》

---

[37] 侮辱の言葉には鳥の名前を用いたものが多い。たとえば、bécasse ヤマシギ（馬鹿な女）、tête de linotte ムネアカヒワ（軽率な人）、perroquet オウム（受け売りでしゃべる人）、pie-grièche モズ（怒りっぽい女）など。

[38] cf. ［田邊 59］14 頁（［田邊 76］244 頁）。

115

manger son pain blanc en premier
最初に白パンを食べる《先に楽しむ、最初に楽をする》* 39

être sur une pente dangereuse
危険な、悪い方向に傾いている

prendre au pied de la lettre
文字の足元で捉える《文字通りの意味で理解する》

prendre avec des pincettes
ピンセットでつかむ《不潔だ、注意して接する》

oeuvre de longue haleine
息の長い仕事《骨の折れる、手間隙かかる仕事》

être dans ses petits souliers
サイズの小さい靴を履いている《居心地が悪い、苦境にある》

être gêné aux entournures
袖ぐりが窮屈だ《居心地が悪い、金に困っている》

＊39　後に幻滅を味わい失意の日々を送るという含みがある。

116

第二のルジストル

souffrir mille morts
千回死ぬほど苦しむ《塗炭の苦しみを味わう》

donner de la bande[40]
〔船が〕片側へ傾く

avoir un cheveu sur la langue
舌に髪の毛がくっついている《軽い訛り[41]がある》

couper le sifflet
喉を切る《黙らせる、二の句が継げなくする》

long comme un jour sans pain[42]
パンのない日のように長い《うんざりするほど長くて退屈な》

damer le pion
〔チェスで〕駒をキングに成らせる《優位に立つ、出し抜く》

se mettre martel[43] **en tête**
頭を槌でたたく《心配する、気をもむ》

---

* 40　bande は、（風、波、荷崩れなどによる船の）傾斜の意。
* 41　[ʃ][ʒ] の発音が [s][z] になる。=zézayer
* 42　un jour de sans pain の代りに un jour de jeûne「断食の日」という表現もある。
* 43　martel は、marteau「槌」と同語源の語だが、現在ではこの表現でしか用いられない。

117

monter sur ses grands chevaux

大きな馬に乗る《いきり立つ、居丈高になる》*44

être sur des charbons ardents

真っ赤に燃える炭火の上にいる《不安でじっとしていられない、〔焦燥、不安などで〕じりじりする》*45

avoir un chat dans la gorge

喉に猫がいる《声がしゃがれる、喉がつかえる》

rouler dans la farine

小麦粉のなかでころがす《だます、手玉に取る》

coûter trois francs six sous

３フラン６スーの価値《それほど高くない》*46

sourire aux anges

天使にほほ笑む《独りでにやにやする》

---

* 44 ［田邊 59］73 頁によると、中世の乗馬には palefroi「儀仗馬」と destrier「軍馬」の二種類があった。前者は小柄で、後者は体躯堂々。当然、大きい馬にまたがって、戦場に馳せ参じた。ちなみに、本書 35 頁では、異なる意味で説明している。
* 45 cf. 本書 35 頁。
* 46 昔の通貨で、1 スーは 5 サンチーム。

第二のルジストル

enchaîner des poncifs
ありきたりの言葉をつなぎ合わせる《月並みの考えしか表現
しない》

essuyer les plâtres
漆喰を乾かす《〔新しい物事に直面して〕真っ先に不便〔被害〕を
被る》

foncer bille en tête
頭のなかにビー玉が入っているように突き進む《ためらわず
に突進する、よく考えずに行動する》

amuser la galerie*47
観客を笑わせる《周囲を楽しませる、ふざけて気を引く》

se tourner les pouces
親指をひねりまわす《何もしないでのらくらしている》

être rond comme une barrique*48
大樽のように丸い《食べすぎて腹がはちきれそうだ、べろべ
ろに酔っ払っている》

───────────

＊47　galerie は劇場のバルコニー席（2 階席）のこと。

＊48　barrique は、（200 ～ 250ℓ 入りの）大樽のこと。

119

rire sous cape

ケープの陰で笑う《ひそかに、忍び笑いをする》

tirer à hue et à dia[*49]

右と左の双方に引っ張る《相反した方向へ動く、矛盾した行動を取る》

ne pas avoir pour deux sous de jugeote

2 スーの価値の分別もない《まったく分別のない》

aller à Canossa[*50]

カノッサに行く《屈従する》

passer sous les fourches caudines[*51]

カルディウムの槍門をくぐる《屈辱を忍ぶ、降参する》

raconter une histoire à dormir debout

立ったままで寝てしまいそうな話をする《退屈きわまる話、荒唐無稽な話をする》

[*49] 「hue 右へ、dia 左へ」は、馬に命じてかける言葉。

[*50] Canossa は北イタリアの村。1077 年に、ドイツ皇帝ハインリッヒ 4 世が教皇グレゴリウス 7 世に屈従した地。[ヴェイユ＋ラモー]248-9 頁に詳しい説明がある。cf. [田邊 76] 290 頁。

[*51] les Fourches Caudines は、前 321 年に、ローマ軍がサムニウム族に敗れた南イタリアの「カウディウムの隘路（あいろ）」。ローマ軍の兵士が降伏のしるしに、3 本の槍で作った槍門 joug の下をくぐらされた屈辱に由来する。

第二のルジストル

boire le bouillon d'onze heures
11時のブイヨンを飲む《毒入りの飲み物を飲む》＊52

prendre de haut＊53
上から捉える《〔物事を〕落ち着いて見る、概観する、〔物事の〕表面しか見ない》

brailler comme une truie qu'on égorge
喉を切られた雌豚のようにわめく《泣きわめく》

être empoté comme un manche
木偶の棒のように不器用な

avoir avalé son parapluie
傘を飲み込んだ《物腰がぎこちない、ぎくしゃくしている》

faire une gueule d'enterrement
葬式みたいな顔をしている《悲しげな様子〔暗い顔〕をしている》

＊52　［田邊59］97頁によると、かつて、ユリ科の球根植物 ornithogale の根を煎じたものを睡眠剤として午後11時頃に病人に与えていた。これを飲んだ病人が眠ったまま死んでしまうことがあったので、「11時の飲み物」は毒の入った飲み物と思われるようになったという。
＊53　ちなみに、le prendre de haut「高飛車に出る」という表現もある。

tirer une gueule de six pieds de long

6フィート*54 の長さの顔をする《非常に不機嫌な顔をする》

bouillir d'impatience

待ち切れなくて沸騰する《待ち焦がれて血が騒ぐ》*55

regarder par le petit bout de la lorgnette

オペラグラスの細い方の側から見る《小さなことを過大視する、視野が狭い、偏狭である》*56

se donner du bon temps

楽しく時間をもつ《人生を楽しむ》

avoir l'oreille qui traîne

垂れ下がった耳をしている《それとなく耳を傾ける》

se ramasser une gamelle

弁当箱を拾いあげる《倒れる、転ぶ、失敗する、敗北を喫する》

mettre à toutes les sauces

あらゆるソースに用いる《とことん利用する、こき使う》

＊54　1フィートは 12 インチ、約 30cm。

＊55　cf. 本書 35 頁。

＊56　逆に、regarder par le gros bout de la lorgnette は「過小評価する、無関心である」。

第二のルジストル

être comme un coq en pâte
練り粉のなかの雄鶏のようだ《安穏に、人からちやほやされ
てぬくぬくと暮らす》*57

marcher en file indienne
インド式に進む《一列縦隊で行進する》

marcher à la queue leu leu*58
狼のように一列に並んで進む《縦一列になって進む》

tourner en bourrique
ロバ〔ばか〕になる《頭が変になる、いらいらする》*59

voir trente-six chandelles
36 本のろうそくを見る《〔頭を殴られて〕目から火が出る、目
がくらむ》*60

regarder de travers
斜視である《悪意のこもった、不信の目で見る》

─────────

* 57　全身を練り粉のなかにうずめ、首だけ出している雄の雉の形がふくふくと暖
　　かく夜具にくるまって首だけ出している楽隠居の姿を連想させることから出て
　　いるという説がある。cf.［田邊 59］49 頁（［田邊 76］333 頁）。
* 58　leu は loup「狼」の古語。cf.［田邊 76］308 頁。
* 59　たとえば、Je vais finir par tourner en bourrique, avec ce gosse. このがきと一緒にいる
　　と、しまいには頭がおかしくなりそうだ。cf. 本書 158 頁。faire tourner en bourrique.
* 60　voir mille chandelles「千本のろうそくを見る」とも言う。

123

une sainte n'y touche

聖女はそんなことに関わらない《猫かぶり、かまとと》*61

être à l'affût

〔獲物を〕待ち伏せている《〔好機などを〕虎視眈々とうかがう、
待ち構える》

tomber comme à Gravelotte

グラヴロット*62 のように雨が降る《〔雨が〕非常に激しく降る
こと、〔出来事やメッセージなどが〕非常に多く到来すること》

être en pays de Cocagne

コカーニュ*63 の楽園にいる《桃源郷》

avoir bon dos

良い背中をしている《不当に責任を負わされる、〔非難や嘲笑
を〕柳に風と受け流す、うまい口実になる》

---

* 61　sainte nitouche という表現もある。Elle joue la sainte nitouche「彼女は貞女の仮
面をかぶっている」。

* 62　グラヴロットはロレーヌ地方の村の名前で、1870 年にプロイセン軍がフランス
軍の完全な殲滅に向けて大量の大砲をあびせた、普仏戦争最大の闘いにちなむ。

* 63　Cocagne は青色染料に用いたアブラナ科のタイセイのこと。中世に南仏ロラ
ゲ地方で栽培され、栄えたため、「コカーニュの楽園」と称された。

第二のルジストル

donner de l'aile*64
翼を与える

se battre comme des chiffonniers
屑屋のように殴り合う《激しく殴り合う》

rabattre le chaland
まるで獲物を狩り立てるように客を追い込む《顧客を誘い込む》

ameuter ciel et terre
天地を動かす《〔自分の目標を達成するために〕あらゆる努力を
する、あらゆる策を講ずる》

crier haro*65 **sur le baudet**
ロバにアロを叫ぶ《弱い者に罪をきせて、自分の責任を逃れる》

filer une châtaigne
栗の実を食らわせる《拳骨を食らわせる》

────────────
＊64　複数形での表現は見つからなかったが、donner des ailes 翼を与える《全速力
　　で駆けさせる、やる気を出させる》という表現がある。La peur lui donna des ailes.
　　「彼〔女〕は恐れをなして逃げ出した」。
＊65　haro は、ノルマン人（ヴァイキング）の法律用語で、直ちに逮捕すべき者に対
　　する告発の叫び。ラ・フォンテーヌ『寓話』第 7 巻 1 の「ペストに罹った動物たち」
　　に由来する。cf.［篠沢＋マレ］95 頁、［ヴェイユ＋ラモー］195-6 頁。

125

avoir les doigts de pied en éventail
足の指を扇状に広げている《何もしないで、くつろいでいる》

être comme un poisson dans l'eau
水を得た魚のようだ《得意の領分にいる、生き生きしている》

ruminer sa peine
苦しみを反芻する

se tenir à carreaux
格子縞のような姿勢を保つ《警戒する、〔いささかの過ちも犯
さないように〕用心する》

ne pas bouger d'un cil
睫毛一つ動かさない《微動だにしない》

courir la prétentaine*66
ほっつき歩く、享楽的生活を送る

friser la cinquantaine
もう少しで 50 歳になる

_____

＊66 prétentaine は、この表現でしか用いられない。

第二のルジストル

avoir une épée dans les reins[67]

腰に剣を当てられる《急きたてられる、強要される》

avoir une épée suspendue au-dessus de la tête

頭上に剣をつるされている《悪いことや危険が迫っている不安や恐れを感じている》

le ciel lui est tombé sur la tête

空が頭の上に落ちてきた《あり得ないほど重大な問題や心配が降りかかる》[68]

jouer un tour de cochon

豚みたいないたずらをする《悪いいたずらをする、ひどい目に遭わせる、一杯食わせる》

tirer à boulets rouges[69]

赤い弾丸を撃つ《激しく攻撃する》

un feu nourri[70] de questions

質問の一斉射撃

＊67　cf. mettre l'épée dans les reins.「せき立てる、強要する」。

＊68　まったく予期しなかったことが起きた時に用いる表現。

＊69　boulet rouge は、火災を引き起こすように発射前に火で焼いた灼熱弾。La presse a tiré à boulets rouges sur le gouvernement ジャーナリズムは政府を激しく攻撃した。

＊70　feu nourri は「燃え盛る火」（← nourrir un feu 火を燃やし続ける）、「猛砲撃」の意。

faire les cornes

両手の人差し指を角のように突き出して見せる《〔相手を〕馬鹿にする》

filer sans demander son reste

つり銭をもらわないで立ち去る《取るべきものも取らずに慌てて逃げ出す、早々に退散する》

être bouché à l'émeri

すり合わせガラスの栓をしている《理解力がない、頭が弱い》

avoir à l'oeil

目をつける《〔人の行動を〕注意して見張る》

pleurer des larmes de crocodile[71]

鰐の涙を流す《〔人をだますために〕うそ泣きをする》

toute honte bue[72]

あらゆる恥を飲み込んで《恥も外聞も捨てて、破廉恥にも》

---

[71] 鰐は、水辺の草のなかに隠れていて、人が通ると、人間の声をまねて哀れげに泣き、何事かと同情して近づいてきた人を捕らえて食べたという故事に由来する。cf.〔田邊 59〕61 頁、〔田邊 76〕342 頁。

[72] boire honte「恥を飲む」は「侮辱を被る」という意味だったが、あまりにも侮辱された結果、自尊心を失い、恥を感じなくなった？

128

第二のルジストル

aux innocents les mains pleines

愚か者には両手にいっぱい《愚か者に福あり》*73

sonder les coeurs et les reins

心と腎臓の奥底を探る《秘められた感情を探り出す》

boire du petit-lait

乳清(ホエー)を飲む《〔お世辞を言われて〕いい気になる》

sauter aux yeux

目に飛び込む《注意を引く、一目瞭然である、明々白々だ》

le roi n'est pas son cousin

王は彼の従兄弟ではない《あいつはすっかり天狗になっている》*74

un sac d'embrouilles

混乱が入っている袋《こじれた問題、紛糾した事態》

rougir jusqu'aux oreilles

耳まで真っ赤になる《ものすごく恥ずかしい》*75

---

* 73　cf.［田邊 59］114 頁、［田邊 76］281 頁。

* 74　幸せそうで、いい気にのぼせ上がっている人について言う。cf.［ヴェイユ＋ラモー］312 頁。

* 75　まれに「怒りで顔が赤くなる」意味でも使われる。

être excité comme un pou

シラミのように興奮している《ひどく興奮している》

être remuant comme une potée de souris

ネズミの群れのように動き回る《片時もじっとしていない、はしゃぎまわる》

avoir le diable au corps

肉体に悪魔が宿っている《精力的である、平気で悪事を働く、激しい恋にとらわれている》

avoir la danse de Saint-Guy

聖ヴィートのダンスをする《痙攣して手足を震わせる身振りをする》*76

ne pas s'en laisser conter

いい加減なことを言わせてはおかない《だまされない》

faire le zouave

ズワーヴ兵*77のように振る舞う《空威張りする、おどける》

＊76　聖ヴィートは4世紀初頭の殉教者。伝説によると、9世紀に、彼の聖遺物による奇跡が起こり、興奮して手足を震わせ身もだえして踊っているような動きを特徴とする神経障害の病気を癒したことから、この病気に「聖ヴィートのダンス」という名前が付けられた。
＊77　フランス軍アルジェリア歩兵隊。

第二のルジストル

fier comme Artaban
アルタバンのように高慢な*78

loin de la coupe aux lèvres
グラスから唇までは遠い《言うは易く、行うは難し》

faire la grimace
しかめ面をする《〔人を〕冷たくあしらう》

boire la coupe jusqu'à la lie
グラスの底の澱まで飲む《辛酸をなめ尽くす》

sonner l'hallali*79
あらりを叫ぶ《〔敵を追い詰めて〕勝鬨をあげる》

tous comptes faits
収支計算をすべて済ませると《結局、要するに、つまるところ》

gagner sur tous les tableaux*80
あらゆる賭場で勝つ《どっちに転んでも得をする》

---

* 78 　本書 34 頁参照。cf. ［ヴェイユ＋ラモー］313 頁。
* 79 　hallali「あらり」は、犬が獲物を追い詰めたことを知らせる猟師の叫び声。
* 80 　tableau には掛け金を置く場という意味がある。cf. jouer sur les deux tableaux 二箇所に賭ける《二股をかける》。

noyer le poisson

魚を溺れさせる*81《〔事態を長引かせて〕相手を疲れさせる》

ne pas mettre tous ses oeufs dans le même panier*82

すべての卵を同じ籠に入れないように《一つのことにすべて
を賭けてはならない》

prendre la vie du bon côté

人生を良い面から見る

ne pas être tombé de la dernière pluie

先刻の雨で降ったわけではない《経験豊かである、簡単には
信じない》

piquer du nez

鼻先から突っ込む《真っ逆さまに落ちる》

avoir anguille sous roche

岩の下のうなぎ《うさんくさい、隠しごとをしている》*83

＊81　針にかかった魚を泳がせて弱らせる。

＊82　cf. 本書 42 頁。逆に、肯定形の mettre tous ses oeufs dans le même panier は、「一
つのことにすべてを賭ける、のるかそるか勝負をかける」。

＊83　日本の「柳の下のどじょう」と似ているけれど、意味はまったく違う。cf.〔田
邊 59〕51 頁。

le mariage de la carpe et du lapin
鯉とウサギの結婚《不釣合いな結びつき、ちぐはぐな関係》

glisser des peaux de banane
バナナの皮ですべらせる《〔人を陥れるための〕卑怯な策略をする》

prendre la mouche＊84
虻に刺される《急に怒り出す》

aller voir ailleurs si j'y suis
自分がそこにいるかどうか、別のところに見に行く《別の選択肢や可能性を探してみる》

ronger son frein
〔馬が〕馬銜をかむ《じっと我慢する、こらえる》

assurer ses arrières
後方陣地を固める《いざという場合に逃げ込む場所を確保しておく》

＊84　mouche は、蠅だけでなく、虻や蜂などを総称している。牛や馬がこれに刺されると苦痛のあまり跳び上がったり、暴れたりする。cf. ［田邊 59］30-31 頁、［篠沢＋マレ］152 頁。なお、「蠅を捕まえる」は、不定冠詞で prendre une mouche.

133

rendre la monnaie de la pièce

相手のお金で釣銭を返す《〔自分がされたのと同じやり方で〕仕返しする、しっぺ返しをする》[85]

aller à la curée[86]

分け前の場に行く《〔地位、利益、名誉などを〕激しく奪い合う》

s'en mettre jusque-là[87]

もうここまでいっぱいである《盛大に飲み食いする》

boire jusqu'à plus soif

もう喉が渇かなくなるまで飲む《浴びるほど飲む》

jouer les gros bras

腕が太いふりをする《強くて勇敢であるかのように振る舞う》

être suspendu aux lèvres de quelqu'un

〔人〕の唇にぶら下がっている《〔人〕の言葉に熱心に耳を傾ける》

boire des yeux

目から飲む《見とれる、目を皿にして見る》

---

* 85　rendre à qn la monnaie de sa pièce のように、la よりも sa を用いるほうが一般的。

* 86　curée は、狩りの終わりに猟犬に獲物の分け前を与えること。

* 87　s'en mettre jusqu'au menton や s'en mettre jusqu'aux yeux という表現もある。

on entendrait une mouche voler

蠅の羽音も聞こえるほどだ《しんと静まり返っている》

c'est un m'as-tu-vu*88

あいつは目立ちたがり屋だ

une foire d'empoigne

つかみ取りの市（いち）《食うか食われるかの世界、我勝ちの奪い合い》

faire se battre des montagnes

山同士を戦わせる《至るところで争いの種をまく》

couler de source

まるで泉がわき出るようだ《〔言葉などが〕よどみなく出てくる、〔物事、考えが〕当然の成り行きをたどる》

tranquille comme Baptiste*89

バティストみたいにおとなしい《泰然自若としている》

prendre des vessies pour des lanternes

膀胱をランタンと取り違える《ひどい間違いをする、ばかげ

＊88　俳優同士が M'as-tu vu dans tel rôle?「自分が演じたあの役を見たか」と互いに
　　　自慢し合うことから。

＊89　Baptiste は愚かで無抵抗な道化にしばしばつけられた名前。cf.〔R〕897 頁。

たことを信じ込む》*90

frais comme un gardon
ローチ*91 のように生き生きしている《元気はつらつとした、
〔疲れを見せない〕涼しい顔》

vieux comme Mathusalem*92
メトシェラと同じくらい高齢《非常に高齢の、はなはだ古い》

joli comme un page*93
小姓のように可愛い《とても可愛い、愛くるしい》

avaler des couleuvres
蛇を飲み込む《黙って侮辱を耐え忍ぶ、〔ほら話を〕真に受ける》

briller comme un sou neuf
新しい硬貨のようにぴかぴかだ

＊90　この成句のいわれについては、〔ギロ〕99-101 頁に詳しい説明がある。そもそもまったく似ていないものを取り違えるのは滑稽だが、もともと lanterne は「たわごと、ばかばかしい話」、vessie は「むなしい、価値のないもの」という意味をもっていたという。

＊91　ローチは、コイ科の魚（うろこに輝きがある）。

＊92　Mathusalem メトシェラは、旧約聖書（『創世記』5 章 21-27 節）に登場する伝説的な人物で、969 歳まで生き、聖書のなかで最も長寿であった。ノアの方舟で知られるノアの祖父にあたる。cf.〔ヴェイユ＋ラモー〕58 頁。

＊93　page は、王侯貴族に仕えた小姓。joli comme un amour「キューピッドのようにかわいい」、hardi comme un page「（若いくせに）いけずうずうしい」といった表現もある。

第二のルジストル

[être] tiré à quatre épingles

四つのピンで引っ張られる《めかし込んでいる、ぱりっとした服装をしている》*94

sage comme une image

絵のようにおとなしい《〔子どもなどが〕とてもおとなしい》*95

remonter le courant

流れを遡る《事態の立て直しを図る、困難に立ち向かう》

être sur le pied de guerre

戦闘準備が整った《いつでも行動〔出発〕できる》

ne pas avoir les yeux en face des trous

節穴に目を当てていない《見えるはずのものを見落としている、事の真相が見抜けない》

avoir une faim de loup

狼のように腹ぺこ

＊94 昔の巡礼が4つのピンで（4つとはかぎらないが）身なりをととのえたことから、非のうちどころのない隆とした服装をしている。cf.［田邊 59］41 頁。

＊95 日本では「置物のように」。

c'est le jour et la nuit
まるで昼と夜である《〔二者が〕正反対である。まったく異なる》

mettre de l'eau dans son vin
ワインに水を加える《主張を和らげる、態度を軟化させる》

sortir d'un mauvais pas
悪い歩みから抜け出す《難局を切り抜ける》

accorder ses violons
バイオリンを調弦する《意見をまとめる》

sortir des sentiers battus
踏み固められた道から脱する《新機軸を求める、旧套を脱する》

un loup dans la bergerie
羊小屋のなかの狼*96

un renard dans le poulailler
鶏小屋のなかの狐

＊96　これは日本語でもそのまま分かる。faire entrer le loup dans la bergerie.「狼を羊
小屋に入れる」→「危険人物を不用心に招き入れる」［田邊 76］309 頁。

第二のルジストル

un éléphant dans un magasin de porcelaine
陶器店に入り込んだ象《〔大事な場面での〕どじ、ぶち壊し屋》

péter plus haut qu'on a le derrière*97
自分のお尻より高いところでおならをする《うぬぼれが強い、分をわきまえない》

être juché sur des échasses
竹馬に乗っている《もったいぶる、尊大ぶる》

avoir le verbe haut
大声で話す《高飛車にきめつける》

être un fier-à-bras*98
腕自慢である《虚勢を張る、空威張りする》

filer comme un flèche
矢のように逃げる

se décomposer à vue d'oeil
見る見るうちに悪化する《急に崩壊する》

———————————————
＊97　derrière は、話し言葉で「尻」。
＊98　12 世紀の武勲譚に登場するサクセンの巨人、Fierabras フィエラブラに由来するという説もある。ちなみに彼は実際に強かった。

139

faire couler l'encre

インクを流す《大いに書き立てる、議論を巻き起こす》

de l'eau a coulé sous les ponts,

橋の下をたくさんの水が流れた《月日がかかった》[99]

piaffer[100] d'impatience

いらいらして足踏みする《地団太を踏む》

être né coiffé

頭に羊膜の切片をつけて生まれる《幸運の星の下に生まれる》

être né avec une cuiller d'argent dans la bouche

銀のスプーンをくわえて生まれる《裕福な生まれである》

plutôt deux fois qu'une

一度ではなく二度も《自ら進んで、いそいそと》

faire un coup fourré

〔フェンシングで〕相打ちする《だまし討ちをする》

─────────────────

* 99　未来形にすると、Il passera bien de l'eau sous les ponts「(…までに) 多くの時間が
　　かかるだろう」cf.〔田邊 59〕31 頁。

* 100　(馬が) ピアッフェする (その場で速歩する) ように。

140

loin des yeux loin du coeur

目から遠くなると、心からも遠くなる《去る者、日々に疎し》

défendre bec et ongles

嘴と爪を守る《身を守るすべを心得ている、抵抗する手段を備えている》*101

jouer les prolongations

延長戦をする《〔活動などを〕予定時間よりも延長する》

accourir à brides abattues

手綱を放して駆けつける《全速力で駆けつける》

prendre le mors*102 aux dents

〔馬が〕歯で馬銜を嚙む《逆上する、夢中になる》

cela ne se trouve pas sous le sabot d'un cheval

馬の蹄の下では見つからない《〔特にお金や価値のあるものについて〕それを見つけるのは簡単ではない》

＊101　同じような表現に、avoir bec et ongles「嘴も爪もある」。この場合は、防御にも攻撃にも言う。

＊102　mors「馬銜」は、轡の、馬の口にくわえさせる部分。轡に手綱をつけて、馬を制御する。

cochon qui s'en dédit
約束を破る者は豚野郎だ

ahuri comme une poule qui a trouvé un couteau
包丁を見つけた雌鶏のように呆然とする《びっくり仰天する、
慌てふためく》

en rester comme deux ronds de flan
二つの円板のようなままでいる*103《啞然としている、あっ
けにとられる》

jouer la fille de l'air
妖精のごとく振る舞う《姿をくらます、消え失せる》

croire en sa bonne étoile
自分の幸運な星まわりを信じる

faire les gros yeux
目を大きく見開く《にらみつける、人を厳しい目で見る》

avoir le coeur qui bat la chamade*104
心臓が太鼓のように鼓動する《激しく動悸を打つ》

＊103　びっくりして目をまるくしているのだろうか。
＊104　chamade は、昔、籠城軍が降伏を申し出るために鳴らした太鼓の合図。

第二のルジストル

avoir les genoux en compote
膝がコンポート〔果物のシロップ煮〕に浸かったようにぐちゃ
ぐちゃになる《膝が使いものにならない》

avoir les genoux en flanelle
膝がフランネルで出来たようだ《〔疲れて〕脚の力が抜けている》

être au bord de l'apoplexie
いまにも卒倒しそうである

un greluchon tombé du nid
巣から落ちた若いつばめ《自力では何もできないくだらない男》

fuir comme la peste
まるで疫病神のように避ける

se faire la malle
トランクに荷造りする《そそくさと立ち去る、逃げる》

se faire la belle*105
好機を手に入れる《〔その場を〕抜け出す、脱走する、ずらかる》

───────────
* 105　la belle は 19 世紀には、la belle occasion の意味で用いられたが、現在それを
　　知っている人はほとんどいない。言い換えれば、「文字通り」の意味で解する人
　　はいないようだ。

143

prendre ses jambes à son cou

足を首にくっつける《〔身体が前のめりになって〕一目散に逃げる》

parler à un sourd

聾の人に話す《聞く耳をもたない人に話しても無駄である》

s'escrimer

フェンシングをする《論争する》

se fendre la pipe*106

パイプが割れる《わっと大笑いする》

se tenir les côtes

脇腹を抱える《腹をよじって笑う》

se rouler aux pieds de quelqu'un

〔人の〕足下で転げ回る《笑い転げる》

lécher ses plaies dans un coin

人目につかないところで傷をなめる《ひっそりと傷を癒す》

＊106　la pipe には隠語で喉という意味もある。代わりに、la gueule「口」が入ることもある。

第二のルジストル

rameuter*107 le populo

群衆をまとめる、再結集する

foncer tête baissée

顔を伏せて突っ込む《危険を顧みずに、やみくもに突っ込む》*108

tomber dans le panneau

〔兎とりの〕罠にかかる《だまされる》

tomber des nues

雲から落ちる《〔思いがけぬことで〕びっくり仰天する》

fier comme un paon

孔雀のように高慢である《ひどく高慢ちきだ》

fier comme un pou

虱のように高慢である《ひどく高慢ちきだ》

fier comme un pape

法王のように高慢である《ひどく高慢ちきだ》

＊107　rameuter には、「先に行き過ぎた猟犬を止めて、他の犬と一緒に行かせる」
　　　という意味がある。

＊108　cf.［田邊 59］88 頁 se jeter tête baissée

145

se laisser conduire à l'abattoir
屠畜場に連れて行かれる《自分の運命や状況を受け入れ、無力で何もできない状況に甘んじる》

prendre le dessus
優位を取る《立ち直る、回復する》

Faire valser l'anse du panier
籠の柄にワルツを踊らせる《〔使用人が〕買い物の金をごまかす》＊109

boire dans la main＊110
手のひらで水を飲む《助けや支援を受け入れる》

se la couler douce
気楽に〔平穏に〕暮らす

crier au loup
狼だと叫ぶ《危険を前にして助けを求める》

＊109　昔、使用人が籠をさげて買い物に行くと商人がリベートを渡す習慣があったが、それだけで満足せず、主人に実際より高く言って余計にせしめるようになった。Faire danser l'anse du panier. cf. ［田邊 59］42 頁。
＊110　cf. ［R］576 頁 se laisser manger dans la main 親しい、心を許している。

第二のルジストル

tenir les cordons de la bourse
財布のひもを握っている

sans bourse délier
財布の紐を緩めずに《一銭も払わずに》

être fleur bleue
まるで青い花のようだ《感傷的である》

tout feu tout flamme
まるで炎のように《熱中している、夢中である》

ne pas s'écouter parler
自分の話に耳を傾けないように《自分の言葉に悦に入らない
ように》

ne pas s'écouter pisser
自分の小便の音に聞き入らないように《バカみたいにうぬぼ
れないように》

crier à tue-tête
〔頭にがんがん響くような〕大声で叫ぶ

une histoire cousue de fil blanc

白糸で縫ったような話《下心が見え透いた話》

se prendre la tête à deux mains

両手で頭を抱える《熟考する》

sombrer corps et biens

人も財産も、もろとも沈む

noir comme dans un four

かまどのなかのように暗い《非常に暗い》

se casser le nez

鼻をぶつける＊111《失敗に終わる》

se casser les dents

歯を折る《歯が立たない、〔困難など〕に打ち勝てない》

ouvrir des yeux comme des soucoupes

目を皿のように見開く《驚いて目を丸くする》

＊111　最近は自動ドアが多くなったが、以前、実際にガラスのドアに頭から突っ
　　込んで鼻を怪我した人を見たことがある。

第二のルジストル

tenir pour argent comptant

現金だと見なす《確かだと考える》*112

on lui donnerait le bon dieu sans confession

彼は罪を告白しなくても聖体を拝領できそうだ《彼は虫も殺さぬ顔をしているが、実はとんでもない悪党だ》

on lui tordrait le nez qu'il en coulerait du petit-lait

彼の鼻をつまむと乳が出てくるだろう《彼はまだ乳くさい〔年齢や能力を超えたことに口出しする若い人のことを言う〕》

mettre les bouchées doubles

普段の倍の量を〔倍の早さで〕食べる《〔仕事などを〕大急ぎで完成する》

jurer ses grands dieux

高貴な神々に誓う《厳かに誓う、強く主張する》

être attifé comme à Carnaval

カーニバルのようにけばけばしい装いをする

＊112　cf. 本書 106 頁 prendre tout pour argent comptant

149

se conduire comme un gougnafier
ろくでなしのように振る舞う

pleurer toutes les larmes de son corps
体中の涙が枯れるまで泣く

tenir la dragée haute
ボンボンを高くかざす《欲しがるものをすぐに与えない》[113]

avoir la main lourde
手が重い《厳しく罰する、〔商品などを〕多めに計る、気前が
いい》

sauter dans ses vêtements
腹のなかに飛び込む《急いで着る》

jaillir comme un diable de sa boîte
悪魔のように箱から飛び出す《突然、姿を現す》

bâiller à s'en décrocher la mâchoire
あごが外れそうになるほど大あくびをする

＊113　cf. 本書 37 頁、〔田邊 59〕93 頁。犬などにボンボンを高く放り投げておあず
　　けをくわせることからきている。

第二のルジストル

se faire virer comme un malpropre
まるで汚らわしいもののように手荒く追い払われる

être du feu de Dieu
神から送られた火である《途方もない、人並み外れている》

un chien dans un jeu de quilles *114
九柱戯のなかに入ってきた犬《邪魔者》

un os en travers du gosier
喉にひっかかった骨《納得のいかない不愉快なもの》

laisser un champ d'épaves derrière soi
残骸の野原を後にする

s'entendre comme larrons en foire
市場の盗賊のように気が合う《〔ぐるになって悪事を働くほど〕
よくうまが合う》

se gondoler comme un bossu
〔猫背の人のように〕腹の皮をよじらせて笑う *115

---

* 114　jeu de quilles 九柱戯はボーリングに似たゲーム。recevoir comme un chien dans
　　un jeu de quilles「邪魔者扱いにする」。
* 115　『人生の塩』にも、rire « comme une bossue »「(猫背の女のように) 背中を丸め
　　て腹の皮がよじれるほど笑ったり」という一節がある。なお、[田邊 59] 83-4 頁に、

151

jouer les fiers-à-bras [116]

腕を自慢する《豪胆なふりをする、空威張りする》

passer au fil de l'épée

刃にかける《虐殺する》

avoir du sang de navet

蕪の血をもつ《貧血症である、意気地がない》

sauter comme un cabri

子山羊のように跳ねる《活発に跳ね回る》

faire feu de tout bois

あらゆる木で火を起こす《あらゆる手段を尽くす》

casser sa pipe

パイプを欠く《死ぬ》[117]

　なぜ bossu 猫背の人のようになのかについて、五つの説があげられている。

＊116　cf. 本書 139 頁 être un fier-à-bras

＊117　［田邊 59］17 頁によると、パリの劇場で、17 世紀の有名な船乗り Jean Bart ジャン・バールの役を得意にしていた Mercier メルシエという俳優が舞台で倒れて亡くなった。その際、彼が演技中にいつも口にくわえていた名物のパイプが落ちてこわれたことに由来するという。しかし、pipe には隠語で「喉」という意味があり、casse-pipe「生死の境」という表現もある。

第二のルジストル

manger les pissenlits par la racine

タンポポの根を食べる《死んで墓のなかにいる、草葉の陰にいる》*118

faire le grand saut

大きな飛躍をする*119《あの世に行く》

tirer tous azimuts

全方位に発砲する《ある目標に向けて、あらゆる可能性を探求し、あらゆる方面からアプローチする》

faire les choses en quatrième vitesse

ギアをトップに入れる《物事を全速力で行う、大急ぎで片付ける》

donner un coup de fion

入念に仕上げをする

avoir toujours un train de retard

いつも電車が遅れる《常に一歩遅れている、時流に乗り遅れている》

_____

＊118　フランスでは死者は火葬せずに地中に埋められる。cf.［篠沢＋マレ］198 頁。

＊119　実際に「大きな飛躍をする」は、不定冠詞で faire un grand saut.

153

plonger dans des abîmes de perplexité

困惑の底知れぬ深みに陥る《苦境に陥る》

être ouvert à tous les vents

すべての風に開かれている《どの方向にも開かれている》

se retrouver dans les choux

キャベツのなかにいる《失敗する》*120

avoir l'esprit de l'escalier

階段の途中まで下りて気づく《言うべきことを後になって思いつく、反応が遅い》

innocent comme l'enfant qui vient de naître

生まれたばかりの赤ん坊のように無垢である

il faut se lever matin pour faire mieux !

より良い結果を出すためには、早起きしなければならない！

être au bout du rouleau

〔物語を書いた〕巻物の終わりに近づく《もう話すことがない、金〔力〕が尽きる、余命いくばくもない》

＊120 chou「キャベツ」は échoué「失敗」の類推。cf.〔篠沢＋マレ〕183 頁。

第二のルジストル

ne pas être au bout de ses peines
まだまだ難題が残っている《苦労はこれからだ》

voir le bout du tunnel
トンネルの端が見える《長く苦しい時期を切り抜ける》

se coucher avec les poules
雌鶏とともに寝る《早寝をする》

revenir bredouille
何の収穫もなく手ぶらで帰る《目的を果たせずに終わる》

être sorti du ruisseau
〔道路わきの〕溝から抜け出す《惨めな境遇から抜け出す》

faire long feu
〔弾丸が〕なかなか発射しない《長い間結果が出ない、途中で駄目になる》*121

être debout dès potron-minet*122
夜明けから起き出している

───────────────

＊121　cf.「第一のルジストル」本書 68 頁。

＊122　〔ギロ〕57 頁によると、potron-minet は「猫の尻」のことで、猫は早起きなので、猫が起きて尻を見せたらすぐに→夜明け、ということらしい。ちなみに、『小学館ロベール大辞典』によると、potron-minet は、やはり「夜明け」という意味の

rendre coup pour coup

殴打には殴打を返す《やられただけやり返す、負けてはいけない》

s'en soucier comme d'une guigne

サクランボなみに気にかけない《全然気にかけない》

mettre la charrue avant les boeufs

牛の前に犁をつなぐ《物事のしかるべき手順をふまない、本末を転倒する》

passer par le trou de la prière

お祈りの穴から入る*123

mettre midi à quatorze heures

正午〔12 時〕を 14 時にする《物事をわざわざ面倒にする》

croire au Père Noël

サンタクロースがいると思う《信じやすい、素朴な人間》

---

potron-jaquet 「リスの尻」のノルマンディー方言形。

* 123 « C'est passé par le trou de la prière » 食べ物を喉に詰まらせた人に言う表現。一説に、喉には二つの穴があり、一方は普通の食べ物を飲み込むのに、もう一方はお祈りを飲み込むのに使うが、聖なるパンのような厄介な食べ物を食べるとひっかかってしまうという。同じような表現に、« avaler par le trou du dimanche »「日曜日の穴から飲み込む」もある。

第二のルジストル

Couper l'herbe sous le pied
〔人の〕足下の草を刈る《〔人を〕出し抜いて利益を奪い取る》

fondre en larmes
溶けて涙になる《涙にくれる》

avoir tous les sens en éveil
すべての感覚が目覚める《警戒してすべての感覚をとぎすましている》

prendre du bon temps
楽しい時間を過ごす

filer à l'anglaise
イギリス風に立ち去る《こっそり〔いとまごいもせずに〕立ち去る》

prendre la poudre d'escampette*124
逃亡の土ぼこりを吸う《そそくさと逃げ出す》

aller cahin-caha
どうにかこうにかやっている《〔人が〕どうやら健康を保つ》

_____
＊124　escampette「逃亡」は、現在ではこの表現でのみ使われる。la poudre d'escampette
　　の意味は不確かだが、全速力で走る馬が巻き上げる土ぼこりを想像して訳して
　　みた。

prendre les chemins de traverse
脇道を行く《遠回しのやり方をする》

faire une tête de chien battu
負け犬のような顔をする《悲し気な、落胆した様子をしている》

avoir le mal du pays
ホームシックにかかる

prendre le taureau par les cornes
雄牛の角をつかむ《真向から難事に立ち向かう》

jouer les belles endormies
眠れる美女を演じる《無関心なふりをする》

boire à tire-larigot[125]
浴びるように飲む

faire tourner en bourrique
《〔さんざん困らせて〕頭を変にする、いらいらさせる》[126]

---

［125］ tire-larigot は、この表現でのみ用いる。

［126］ cf. 本書 123 頁 tourner en bourrique

第二のルジストル

être à pied d'oeuvre

〔仕事の〕現場にいる《いつでも仕事にかかれる態勢にある》

bondir sur ses pieds

両足で跳び上がる《素早く反応する》

virer sur les chapeaux de roue

ホイール・キャップの上で方向転換する《猛スピードでカーブを切る、劇的な方向転換をする》＊127

être sur le gril

焼き網の上にいる《心配〔不安〕でたまらない、はらはら〔じりじり〕している、窮地にある》

danser d'un pied sur l'autre

足を交互に持ち上げてダンスする《不安でじっとしていられない》

envoyer promener

散歩に行かせる《追い出す、追い払う》

＊127　車があまり速く方向転換をして、ホイール・キャップが地面に着くくらい傾くことから。

se salir les mains

手を汚す《不正な行為に加担する》

mettre du coeur à l'ouvrage

仕事に心を込める《全力で取り組む》

être bon comme le pain

パンのように良い《無邪気で善良な》

remplacer au pied levé

足を上げた状態で代理をする《いきなり、代役を務める》

trouver un écho

反響を得る《共感を得る》

envoyer paître*128

牧草を食べに行かせる《追い払う》

envoyer sur les roses

バラの上に送る《追い払う、冷たくあしらう》

envoyer au diable

悪魔のところに送る《追い払う》

＊128　cf. 本書 159 頁前出の envoyer promener

第二のルジストル

ne pas être à la noce

〔こんなに楽しい〕結婚式には出たことがない《困った立場にある、不満である》

la semaine des quatre jeudis

木曜日が四回ある週《決して…ない、可能性のない》＊129

se faire tirer les oreilles

耳を引っ張られる《しぶしぶ承諾する、言を左右してなかなか承知しない》＊130

une histoire tirée par les cheveux

髪の毛を引っ張られるような話《〔論証などが〕無理にこじつけた話、牽強付会の説》

y aller franco de port

運賃〔送料〕発送人負担で送る

balancer son paquet

包みを投げつける《考えていることすべてを包み隠さずに告

＊129　cf. 本書 163 頁 à la Saint-Glinglin
＊130　〔田邊 59〕87 頁によると、ローマでは民事裁判で告訴された者が出廷を拒むと、告訴人が自ら出向いて、相手の耳を摑んで法廷に引っ張って来なければならなかったそうだ。〔田邊 76〕208 頁には、モリエールの「さあ、旦那、そう耳を引っ張らせずに、潔くけりをつけなさいよ」が例として加えられている。

白する》

ruminer dans son coin
隅っこで反芻する《ある状況を多かれ少なかれ嘆きながら、
行動せずに傍観している》

commencer à bien faire
うまくいき始める《もううんざりだ、いい加減にしろ》

prendre les choses comme elles viennent
物事をあるがままに冷静に受け止める

ôter une épine du pied
足のとげを抜く《窮地から救う、心配を取り除く》

une volée de bois vert
生木で滅多打ちすること《辛らつな批評、酷評》

tendre les verges * 131 pour se faire battre
〔相手に〕攻撃の武器を与える

───────────────
＊131　verge（中世に用いられた鎧の合わせ目を突くための）細身の短剣。

第二のルジストル

faire le gros dos
〔猫などが〕背中を丸める、〔人が〕背をかがめる《〔身を固くして攻撃を〕やり過ごす》

à la Saint-Glinglin*132
聖グラングランの祭日に《存在しない日、決してやってこない日》

jouer les trouble-fête
座をしらけさせる

ne pas avoir inventé la poudre
火薬を発明しなかった《あまりぱっとしない、賢くない》*133

à la bonne franquette*134
気軽に、ざっくばらんに

faire boire la tasse
泳いでいる人に水を飲ませる《大損させる》

＊132　フランスではカレンダーに毎日特定の聖人の祭日が記されているが、聖グラングランの祭日は存在しないのでいつまで待ってもやってこない。remettre à la Saint-Glinglin.「支払いを聖グラングランの祭日まで繰り越す」、つまり「無期限に延ばす」のように用いる。

＊133　cf. 本書 37 頁。

＊134　franquette は、この表現でのみ用いる。

163

se faire de la bile

胆汁をつくる《心配する、くよくよする》

se faire du mauvais sang

悪い血をつくる《気が気でない、気をもむ》＊135

son sang n'a fait qu'un tour

彼（女）の血は一巡りしかしなかった《彼（女）はすっかり動転した、血の気がうせた》

sortir par les trous du nez

鼻の穴から出てくる《嫌悪を催させる、うんざりさせる》＊136

mentir comme un arracheur de dents

抜歯屋のようなうそをつく《見えすいたうそをつく》＊137

franchir le Rubicon

ルビコンを渡る《重大な決断を下す》＊138

＊135　逆に、se faire du bon sang は「大いに楽しむ、腹の底から笑う」。

＊136　たとえば、Ce travail me sort par les trous du nez. 「この仕事はもううんざりだ」

＊137　cf.「第一のルジストル」本書 50 頁 ＊4。

＊138　le Rubicon は、イタリア中北部からアドリア海にそそぐ河。前 49 年、カエサルはこの川を渡り、ポンペイウスを破った。

第二のルジストル

se changer les idées
気分転換をする

tourner en eau de boudin
ブーダンのゆで汁になる《〔事業や計画が〕失敗に終わる、水
泡に帰す》*139

ça ne mange pas de pain
パン〔生計〕に影響しない《高くはつかない、重大な結果は招
かない》

garder un chien de sa chienne*140
自分の雌犬の子犬を〔大きくなるまで〕取っておく《恨みをは
らすと誓う、復讐心を抱く》

marcher comme sur des roulettes
車輪の上でのように動く《〔事業、計画が〕円滑に運ぶ》

ne pas être à la fête
お祭の気分ではない《不満がある、苦境にある》

_____

＊139　boudin は、豚の血と脂身でつくる腸詰め料理のこと。豚は鼻から尻尾まで
　　全部美味しいけれど、ブーダンのゆで汁だけは別。望みをかけていたのに、結
　　局何も得られなかった状況を表現するのに使われる。
＊140　本書 37 頁。

arriver dans un fauteuil

安楽椅子に座って到着する《〔競技で〕楽勝する》

ne pas faire dans la dentelle*141

レースを商ってはいない《粗野で下品である》

ne faire ni chaud ni froid

暑くも寒くもない《無関心である、どっちつかずの態度を取る》

tirer la sonnette d'alarme

非常ベルを鳴らす《警告する》

être Grosjean*142 comme devant

元どおりのデカのジャン《元の木阿弥、〔へまをして〕期待が裏切られる》

couper les cheveux en quatre

毛髪を四分割する《細かいところにこだわる》*143

＊141　本書 37 頁。

＊142　［田邊 59］48 頁によると、Grosjean は、ラ・フォンテーヌの寓話「乳しぼりの女と乳の壺」に出てくる人物で、「どん百姓の田吾作」「抜け作」の意味で使われる。ラ・フォンテーヌは、人の欲望や空想が際限もないことを語って、「何かの拍子で我に返れば、おれは元通りのデカのジャン」と言っている。

＊143　cf. 本書 37 頁。［ギロ］61 頁には、髪の毛が単数形で couper un cheveu en quatre.「一本の髪の毛を四つに裂く→重箱のすみをほじくる」とある。

166

第二のルジストル

et que ça saute !
さっさとやれよ、ほら急いで

chercher la petite bête
虫がいないか探す《あら探しをする、重箱の隅をつつく》

chercher des poux dans la tête
頭髪のなかの虱を探す《つまらぬことで難癖をつける、言いがかりをつける》

repartir du bon pied
正しい足から再出発する《よい条件の下で仕事を再開する》

lécher les bottes
長靴をなめる《へつらう、おべっかをつかう》

échauffer les oreilles 〔à qn〕
耳をほてらせる《〔話で〕いらいらさせる》

filer bon train
〔物事が〕順調に運ぶ

coucher sur le papier
紙上に横たえる《紙に記載する》

167

y aller comme en 14

第一次世界大戦のときのように出征する《〔皮肉に〕張り切って始める、何食わぬ顔で始める》[144]

s'asseoir et mettre son mouchoir par-dessus

座って、上からハンカチを置く《無視する、取り合わない》

se dresser sur ses ergots[145]

蹴爪の上に立ち上がる《威嚇的な態度を取る》

partir sur les chapeaux de roue[146]

《全速力で発進する、快調なテンポで始まる》

respirer comme un soufflet de forge

鍛冶屋のふいごのように呼吸する《があがあ鼾をかく》

mettre la puce à l'oreille

耳のなかに蚤を入れる《警戒心を抱かせる、心配させる》

prendre ses quartiers d'été

夏の住居に移動する《〔特にバカンスを過ごすために〕別荘など

＊144　en 14 は、en 1914.

＊145　ergot は、雄の鶏や雉の足の後ろ側にある角質の突起、蹴爪。攻撃や防御に用いる。

＊146　cf. 本書 159 頁 virer sur les chapeaux de roue

で過ごす》

s'évanouir dans la nature
自然のなかに消え去る《姿をくらます、消えうせる》

avoir bon pied bon oeil
足も目も良好だ《きわめて壮健である。抜かりがない、用心深い》

se noyer dans un verre d'eau
コップ一杯の水のなかでおぼれる《些細な問題も解決できない、なんでもないことにおろおろする》

plaider le faux pour savoir le vrai
真実を聞き出すために故意にうそを言う

ne pas ranger les torchons avec les serviettes
雑巾とナプキンを混同しない《人や物をその身分や価値に応じて扱う》

depuis belle lurette
久しい以前から

un secret de Polichinelle*147

ポリシネルの秘密《公然の秘密、すぐばれる秘密》

se tailler la part du lion

ライオンの取り分を取る《一番よい部分を取る》

prendre ses désirs pour des réalités

願望を現実と取り違える《幻想を抱く》

courir deux lièvres à la fois

同時に二匹の野兎を追う《一度にいくつものことに手を出す、多くの愛人をもつ》*148

hésiter comme l'âne de Buridan

ビュリダンのロバのようにどちらにするか迷う《いずれとも決心をつけかねる》*149

faire des pieds et des mains

手足を使う《八方手を尽くす、奮闘する》

＊147　Polichinelle ポリシネルはマリオネットの道化役の名前。

＊148　Il ne faut pas courir deux lièvres à la fois「二兎を追う者は一兎をも得ず」。

＊149　ビュリダン（1300頃-58以後）は、スコラ哲学者で、唯名論を継承、発展させた。ロバの両側に等量のカラスムギを置いておくと、ロバは、もし自由意志を与えられていないと、どちらを食べるか選択できずに飢えてしまうという詭弁から。cf.［田邊59］59頁。

170

第二のルジストル

pisser dans un violon
バイオリンのなかに小便をする《何の結果も得ずに無駄な行動をする、骨折り損だ》

avoir le cul entre deux chaises
二つの椅子の間に尻を置く《あやふやな状態にいる、不安定な地位にある》

vouer aux gémonies*150
阿鼻叫喚の石段に捧げる《公衆のさらし者にする》

tirer son épingle du jeu
〔昔の〕ゲームで自分のピンを抜き取る《うまく窮地を脱する、損をしないうちに手を引く》

tirer les marrons du feu
火中の栗を拾う《他人のために危険を冒す、自分が危険を冒したのに他人に利益を横取りされる》*151

bien fin qui saurait dire
それについて何か言える人がいるとすれば、とても鋭敏な人

＊150 gémonies 阿鼻叫喚の石段：古代ローマのカピトリウムの丘の西北部の山腹にあった階段で、処刑者の死骸をしばらくさらした。
＊151 ラ・フォンテーヌの寓話「猿と猫」から。

171

だ《理解できないくらい非常に難しい》

se faire secouer les bretelles
se faire remonter les bretelles
ズボンつりの位置を直される《〔規律を守るように〕注意される、叱責される》

déverser un tombereau*152 d'injures
罵詈雑言を浴びせる

serrer les cordons de la bourse
財布のひもを締める*153

faire deux poids, deux mesures
二つの仕方で重さや寸法を測る《場合によってやり方を変える、状況や自分の利益に従って善悪の判断を下す》

être le dindon de la farce*154
ファルスに出てくる七面鳥〔間抜けな男〕になる《ころりとだまされる、笑い物になる》

＊152 un tombereau de「大量の」。
＊153 cf. 本書 147 頁 tenir les cordons de la bourse
＊154 farce ファルスは中世の宗教劇の幕間に演じられた笑劇。

第二のルジストル

tirer la couverture à soi
毛布を自分の方に引っ張る《甘い汁を吸う、一番良い部分を取る》

mettre sous le boisseau *155
升の下に隠す《秘密にしておく》

couper au plus court
一番近い道を行く

y aller les yeux fermés
目をつぶっても行ける

casser les pieds
足をぶつける《うんざりさせる、困らせる》*156

avoir du pot
〔飲み物や食べ物など〕鉢に入ったものにありつく《運がいい、
ついている》

───────────
＊155　boisseau は、固形物（小麦・塩・炭など）の計量に使われる円筒形の升。この
　　表現は聖書（マタイによる福音書 5 章、マルコによる福音書 4 章、ルカによる福音書 11 章）
　　に由来し、boisseau は、物事を隠すもの、特に、知られるに値する価値、明らか
　　にされる価値のあるものを隠すものとして比喩的に用いられている。
＊156　casse-pieds「うんざりさせる人」という語もある。cf.［篠沢＋マレ］224 頁。

173

faire son cinéma

芝居がかったことをする《些細なことで騒ぎ立てる、悶着を
起こす》

faire la tournée des grands ducs

お大尽のように豪遊する《〔夜遊び、パーティーなどで〕贅沢三
昧をする》

sentir la faille

亀裂を感じる《欠陥や問題点を見抜く》

encaisser sans moufter

口答えせずに耐える

ce n'est pas demain la veille

明日は、そういうことが起きる日の前日ではない《それは今
日、明日のことではない、そんなことは絶対起こらない》

les jours se suivent et ne se ressemblent pas

日は日に継げど等しからず

第二のルジストル

découvrir le pot aux roses

バラの壺の覆いを取る《秘密をかぎつける》*157

mettre du beurre dans les épinards *158

ほうれん草にバターを加える《暮らし向きを楽にする》

se retrouver dans les trente-sixièmes dessous

地下 36 階にいる《悲惨な〔絶望的な〕状態にある》*159

louper le coche

乗合馬車に乗り遅れる《好機を逸する》

vouloir le beurre, l'argent du beurre et la crémière par-dessus le marché

バターが欲しくて、その代金も欲しくて、おまけに乳製品店

＊157　このバラの壺とは何だろうか。［田邊 59］27 頁には、「（女性の美顔料の入った）バラの壺」と「（恋人たちの合図に窓辺に置いた）バラの鉢」の二説が示されている。しかし、［ギロ］70-74 頁によれば、前者であれば、バラは複数形ではなく pot au rose になるし、この成句が初めて使われた例は 13 世紀にさかのぼるが、pot が植木鉢の意味で使われた例は 17 世紀以前にはないので、後者の意味でもないという。それに、découvrir も「発見する」ではなく、「覆いを取り除く」というもともとの意味であろうとしている。結局のところ、諸説入り乱れてよく分からないが、le pot aux roses は「特に秘密を要する調合の道具」であったらしい。なお、［田邊 76］57 頁は、「人の秘密や情事を暴くこと」という説明をしている。

＊158　épinard は、ほうれん草だが、フランスで最も一般的な調理法は、刻んでピューレにして、そこにバター（または生クリーム）を加える。ほうれん草だけでは苦いが、バターが味を和らげる。ここでは、バターなしのほうれん草が人生の苦さを、バターが入りが豪奢を象徴している。cf.［篠沢＋マレ］186-7 頁。

＊159　dessous は、建物の下の階、特に「劇場の奈落」を言う。

の娘も欲しい《欲張りですべてを手に入れたがり、少しも妥協しない》

à la fortune du pot *160
鍋の運にまかせて《〔食事など〕特別な準備をせずに、有り合わせの料理で》

manger avec un lance-pierres *161
パチンコを使って食べる《飯を大急ぎでかき込む》

être connu comme le loup blanc *162
白い狼のようによく知られている《世間に知れ渡っている》

clair comme de l'eau de roche
岩清水のように澄んでいる《一目瞭然である、非常に分かりやすい》 *163

apporter sur un plateau
盆にのせて運んでくる《無条件で与える》

＊160　pot は、ここでは、（ゆで物や煮物に用いる）深鍋。煮込み料理、普段の料理。

＊161　lance-pierres「パチンコ」、Ｖ字型の木や金具にゴムひもを張って、石などを飛ばす玩具。

＊162　loup blanc「白い狼」は、実際にはいなかった。cf. ［篠沢＋マレ］151 頁。

＊163　cf. 本書 34 頁。

avoir la vie chevillée au corps
生命が身体に釘打ちされている《〔大事故や重病に襲われても〕
強い生命力をもっている》

partir la queue basse
しっぽを垂れて逃げる《すっかり恥じ入って立ち去る》

sentir le vent tourner
風向きが変わるのを感じる《情勢の変化に気づく》

parer au plus pressé
最も緊急を要するものに対処する

n'avoir pas dit son dernier mot
まだ最後の言葉を言っていない《もてる力を出し切っていな
い、あきらめてはいない》

avoir de la suite dans les idées
考え方が始終一貫している《意志が固い》

ne pas valoir tripette
小さな臓物の価値もない《三文の値打ちもない》

faire les choses à la six quatre deux

物事を 6、4、2 で行う《物事を手早く、いい加減にやっつける》*164

jeter un oeil sur quelque chose

〔何かを〕一瞥する

passer l'arme à gauche

武器を左手に移す《死ぬ》*165

avoir une frousse bleue

青い恐怖を抱く《〔顔色が真っ青になるほどの〕激しい恐怖を感じる》

prendre la tangente*166

〔パリ理工科大学校（ポリテクニック）の制服の〕剣を取る《こっそりと逃げ出す、

---

* 164　へのへのもへじのように「数字の 6 と 4 と 2 でざっと人の顔を描くように」という説もある。

　　　　6　　　額
　　6　　6　　眼
　　　　4　　　鼻
　　　　2　　　口

* 165　左利きでなければ、普通は剣は右手に持つ。左手に持つのは休む時で、Au repos「休め」と repos eternel「永眠」を掛けている。また、passer そのものにも「死ぬ」の意味がある。cf.〔ギロ〕103 頁。
　　　ちなみに、婉曲語法で「殺す」という意味にもなる。cf.〔篠沢＋マレ〕199 頁。

* 166　〔R〕866 頁によると、この表現はもともとは、パリ理工科大学校の隠語で、

〔難局を〕巧みに切り抜ける》

bouffer de la vache enragée
病気の雌牛を食べる《赤貧の生活をする》*167

en baver*168 des ronds de chapeau
帽子の丸い跡がつくくらい苦労する《とてつもなく苦労する、びっくり仰天する》

se retrouver dans de beaux draps
上等のシーツにくるまれている《苦境に立つ、進退窮まる》*169

se retrouver le bec dans l'eau
〔水鳥が〕嘴を水につけている《期待していたものが得られず宙ぶらりんの状態におかれる、失望する》

　「学校を逃げ出す」という意味で使われていた。
* 167　enragé は「気の違った、狂犬病の」。〔篠沢＋マレ〕148 頁によると、ここでは「病気の、不潔な」という意味。むしろすべての財産から見放された不幸な者の無力な「怒り」を思わせる。〔田邊 59〕67 頁は、昔のフランス人は雌牛の肉を嫌い、牛肉と言えば雄肉だったので、「気の違った」は、貧困度をいっそう強く意識させるための形容詞だとしている。
* 168　〔R〕71 頁によると、en baver には「苦しむ、ひどい目にあう」という意味と「感嘆する、うっとりする」という意味があり、baver「よだれを垂らす」とは区別される。
* 169　本書 37 頁、195 頁参照。

avoir la gueule enfarinée

白塗りの顔をしている《〔だまされたとも知らず〕信用しきって、得意満面で》*170

avoir le nez dans le guidon

ハンドルに鼻を突っ込んでいる《非常に忙しくて他のことに気を配る余裕がない》*171

c'est la croix et la bannière

それは十字架と国旗だ《それは大仕事だ、一苦労だ》*172

aller à tort et à travers

でたらめな方向に行く《軽率に振る舞う、無分別に行動する》

à bouche que veux-tu

欲しいものを口いっぱいに《たっぷりと、豊富に》

entrer comme dans du beurre

バターのなかに入れるように楽に入る《〔ナイフなどが〕楽に突き刺さる》

＊170　古典喜劇の愚か者役が顔を白塗りにしていたことから。

＊171　自転車を一生懸命に漕ぐと前傾姿勢になり、ハンドルに鼻を突っ込む？

＊172　〔渡辺＋田中〕42 頁によると、la croix et la bannière「十字架と団旗」という表現は、キリストの十字架を先頭に、聖人の姿を描いた旗をかざして行う荘厳な教会の行列から出たもの。

pénétrer comme dans un moulin
粉ひき小屋に入るように入り込む《自由に出入りする》

voir de quel bois je me chauffe
どんな木で身を温めているかが分かる《俺がどんな人間か見せてやるぞ》＊173

ça ne court pas les rues
それは街のなかを駆け回らない《そうざらにはない、めったにお目にかかれない》

ça fait un bail
久しぶりである

aller au charbon
石炭を掘りに行く《骨の折れる仕事をする、やっかいな役目を果たす》

avoir dans le collimateur
照準を合わせる《厳重に監視する、攻撃準備をする》

＊173　Ex.On verra de quel bois je me chauffe「俺を怒らせたら怖いぞ」。

avoir une prise de bec
嘴《くちばし》でつつき合う《口げんかする》

tomber sur un bec
嘴《くちばし》の上に落ちる《思わぬ邪魔物にぶつかる、とんだ失敗をする》

se regarder en chiens de faïence
陶器の犬のように見つめ合う《冷ややかに見つめ合う》

un boit-sans-soif
喉が渇いてないのに飲む人《酔っ払い、大酒飲み》

avoir la foi du charbonnier[174]
炭焼きのような信仰をもっている《素朴で、堅固な信仰をもっている》

se sentir morveux
自分が洟《はな》を垂らしているのに気づく《自分の過ちに気がつく》

avoir le trouillomètre à zéro
恐怖計が零度を指す《ひどく恐れる、怖くて震え上がる》

＊174 ［ヴェイユ＋ラモー］9-10 頁参照。

être tout sucre tout miel

砂糖と蜂蜜ずくめだ《やたらと愛嬌を振りまく》

comme un cautère sur une jambe de bois

義足に焼灼器を当てるように《効き目のないやり方で》

être aux premières loges

1等席にいる《ある状況を見定め理解するのに絶好の場にいる》

à tout bout de champ

野原の尽きるまで《絶えず、何かにつけて〔あまり望ましくない状況に用いる〕》

passer à pertes et profits

損益簿につける《見切りをつける》

passer à la trappe

落し戸から落ちる《跡を残さずに消える、〔計画などが〕立ち消えになる》

passer à l'as

〔カードゲームで〕エースに取られる《無視される、見過ごされる》

passer aux oubliettes

地下牢に落ちる《永久に忘れ去られる》

avoir les cheveux qui se dressent sur la tête

髪の毛が逆立つ《身の毛のよだつような恐怖を感じる》

ne pas avoir un poil de sec

乾いた毛が一本もない《〔雨や汗で〕びしょ濡れである、恐怖に震えている》

être trempé comme une soupe*175

スープに浸したパンみたいに濡れている《ずぶ濡れになる》

porter des bottes de sept lieues*176

七里靴を履く《急いで駆けつける用意をする》

faire le pied de grue

鶴のように片足で立つ《長い時間立ったまま待つ、街娼をする》

---

* 175　スープは元来、スープに浸すパンのことを言った。manger de la soupe「スープを食べる」と言い、boire de la soupe「スープを飲む」とは言わない。cf.〔田邊59〕96 頁。

* 176　bottes de sept lieues「七里靴」は、ペローの童話に出てくる 1 歩で 7 里も歩けるという長靴。1 里は今日の 4km に相当。

184

pas piqué des hannetons

コガネムシに刺された程度じゃない《〔程度が〕並はずれている、猛烈だ、〔皮肉に〕とびきり見事である》

à son corps défendant

身を守るために《いやいやながら、やむを得ず》

faire contre mauvaise fortune bon coeur

不運に対して陽気に振る舞う《逆境にくじけない》

pousser les hauts cris

声高に叫ぶ《強く抗議する》

balancer un coup de pied dans la fourmilière

蟻塚を足で蹴る《組織された集団で故意に大きな騒ぎを起こす》

être tombé sur un nid de frelons

スズメバチの巣の上に落ちた《突然予期せぬトラブルや困難な状況に直面する》

avoir le feu aux trousses

ズボンに火がつく《〔火事の炎におびえるように〕急いで立ち去る》

signer des deux mains
両手でサインをする《喜んでサインする》

s'aventurer hors des sentiers battus[177]
人が踏み固めた道からあえて外れて冒険をする

un Jean[178] sans peur et sans reproche
無畏公ジャンのような人《勇敢で潔白な人物》

un coup de tonnerre dans un ciel serein
青天の霹靂

cela lui pendait au nez
そのことが彼（女）の鼻先にぶらさがっていた《いまにも報い
がくるかと彼（女）はひやひやしている》

gros comme une maison
一軒の家のように大きい《明白な、見え透いた》

de fond en comble
土台から屋根裏まで《上から下まで、隈なく、徹底的に》

＊177　cf. 本書 138 頁 sortir des sentiers battus
＊178　ジャン I 世(1371-1419)、ヴァロワ＝ブルゴーニュ家の第 2 代ブルゴーニュ公(在位：1404-1419)。

bien mal lui en a pris
とても悪い結果を被った《彼（女）の判断は違っていた、裏目に出た》

à fond de train
列車のように全速力で《ものすごい勢いで》

avoir la larme à l'oeil
目に涙を浮かべている《涙もろい》

être pieds et poings liés
足と手首を縛られている《手も足も出ない》

avoir les dents qui rayent le parquet
床に擦り傷をつけるような歯をもつ《非常に野心的である》

entre les deux mon coeur balance
二つの間で私の心は揺れている《どっちつかずに迷っている、どちらとも決められない》

passer par toutes les couleurs de l'arc-en-ciel
虹にあるすべての色になる《動転して赤くなったり青くなったりする》

avoir dans la peau

〔人を〕肌のなかにもつ《熱愛している》

mentir comme on respire

息をするようにうそをつく《平気でうそをつく》

mettre les pendules à l'heure

振り子時計の時間を合わせる《状況や認識を正確な状態に戻す》

un dessin vaut mieux qu'un long discours

絵は長い演説に勝る* 179

---

* 179　本書 42 頁。

ゲームは終わらない

　飛んでいる蠅をつかまえようとするように、顔にしつこくまとわりつく蜘蛛の巣をはらおうとするように、わたしは、捉えどころのないものを捉えようと試みた。わたしは、人間精神が、まるで円積問題のような難問に直面したときに、どのように機能するものかを自分なりに示そうと努めた。というのも、人間は言葉を、純粋な音を通して現実を理解するという原初の閃きを保ちつつ、同時に、できる限り効果的でかつ全世界的に通用するような仕方で活用するために、言ってみれば、言葉とゲームしなければならないからだ。本書 44 頁に提示した図式の理論的に四分割された空間は、この対立的で、かつ必然的に補完的な二重性を示している。音は意味をもたらす。わたしたちはそれを利用して、一つの世界を創造しなければならない。その世界は、音、色、味、匂い、触覚、さらには内面的・本能的知覚、感情、そして意識的思考の間に確立される驚くほど厖大（ぼうだい）で複雑な相関関係に絶えずわたしたちを直面させる。わたしたちはこうした宝、さらに深く究めるべき宝をもっているのに、それを埋もれたままにしておくのですか？

　わたしはゲームを終わりにはしない。火のように、燃やし続けます。

訳者あとがき

　本書の著者フランソワーズ・エリチエ Françoise Héritier（1933-
2017）は、フランスを代表する人類学者の一人である。特に、
ブルキナファソのサモ族の親族体系の分析を専門とし、ま
た、人類学の研究に身体の問題を導入して、身体の象徴人類
学という新しい境地を開いた。社会科学高等研究院 EHESS
の教授を務め、クロード・レヴィ＝ストロースの後継者とし
てコレージュ・ド・フランスの教授にも就任した。

　彼女はまた、「男女の示差的原初価」という概念をキーとす
るフェミニズム理論によっても知られ、フランスの男女平等政
策に少なからぬ影響を与えている。この分野の主著、『男性的
なもの／女性的なもの I.「差異の思考」、II.「序列を解体する」』
（*Masculin-Féminin I. La Pensée de la différence, II. Dissoudre la hiérarchie*,
Odile Jacob, 1996, 2002）は、本書と同じ明石書店から翻訳出版さ
れている（井上たか子・石田久仁子共訳、II. 2016 年、I. 2017 年）。

　他方、彼女にはエッセイストとしての側面もあり、幅広い
豊かな教養と瑞々しい感性に満ちた文章は、研究著作とはま
た別のエリチエの魅力を示している。その第一作 *Le Sel de la
vie*, Odile Jacob, 2012（『人生の塩　豊かに味わい深く生きるために』
（井上たか子・石田久仁子共訳、明石書店、2013 年）は、フランス

191

で30万部のベストセラーになり、日本語訳も売り切れになっている。

今回訳出したのは、その第二作 *Le Goût des mots,* Odile Jacob, 2013 で、絶筆となった第三作 *Au gré des jours,* Odile Jacob, 2017 （『日々の流れのままに』未邦訳、2017年フェミナ賞審査員特別賞受賞）との、いわば、三部作の真ん中に位置する作品である。

本書は「ゲームの開始」、「第一のルジストル」、「第二のルジストル」、「ゲームは終わらない」の四つの部分からなっていて、序章であると同時に中心部でもある「ゲームの開始」では、書き言葉と話し言葉、言語と思考、言語の感覚的・身体的な起源などのテーマをめぐって、エリチエが子ども時代からこれまでに経験した言葉との関係が語られている。もちろんそれは言語学者としてではない。彼女はそれをファンタジーと表現しているが、どんなふうに言葉と戯れてきたかが語られている。

ところで、彼女はかなり早い時期から、言葉に二つのルジストル〔領域〕を区別していて、それぞれの味を楽しんできた。一つ目のルジストルには、広く一般にその語に与えられているのとは異なる意味を帯びている語、彼女にだけ違う仕方で語りかけ、彼女しか知らない秘密の意味を帯びている語が分類される。そうした約300の言葉をリストアップしたのが「第一のルジストル」である。そこには、あまり使われない珍しい語、たとえば superfétatoire〔余計な〕、flagornerie〔へつらい〕、procrastination〔先延ばしにする癖〕などもふくまれているが、語

訳者あとがき

の大半は普通の語である。ただし、普通とはいっても、難解な語から低俗な語まで実に雑多である。エリチエは、こうした語に差別なく接している。そして、いったいどのようにしてそうした自分だけに固有の定義が浮かんでくるのかを思いめぐらして、二つの道を示している。第一の道は、言葉そのものから直観的に、ほとんど本能的に生じるイメージによる道で、文字の色、様子、風味などに関連している。たとえば、文字の色について、アルチュール・ランボーが母音を、Aは黒、Eは白、Iは赤、Uは緑、Oは青というように、色によって特徴づけたことはよく知られているが、エリチエも、「そうした色は、ランボーにとってなにがなんでもそうであったように、わたしにもそう思える」と言う*1。第二の道は、いくつかの観念の間に生じる自由な連想の道である。そうした連想は、本能的な知覚や感情だけでなく、意識的な思考や経験にも裏打ちされている。これらの道はエリチエを現実とも超現実ともつかない独特の世界へと導く。こうして「第一のルジストル」に収録された語の定義は、まるで一行詩のように、わたしたちの感性にも響き、共感することの幸せを感じさせてくれる。まずは、エリチエのファンタジーの魅力を大いに楽しんでい

---

*1　これはかなり直感的なものであり、当然、人によって感じ方はさまざまであろう。一説によれば、19世紀から20世紀にかけての作家たちが母音と色の関係について論じたものに言語学者たちの検討を加えた22例のなかで、Iを赤とするランボーに同調するのは二人しかいないそうで、Aを赤とするものが最も多く、ヴィクトル・ユゴーと同じくOを赤とするものがそれに次ぐという。cf. 蓮實重彦『「赤」の誘惑—フィクション論序説』、新潮社、2007年、160頁。

ただきたい。

とは言っても、正直なところ、訳者にはまったくチンプン
カンプンな定義も少なくない。エリチエは「ゲームの開始」
で、「第一のルジストル」に登録されているいくつかの語を
例として取り上げて丁寧に説明しているが、すべての語につ
いて説明してくれているわけではない。訳者にとって意味不
明のものをどのように翻訳するべきか、大いに迷ったが、一
つの工夫として、できるだけ訳者の解釈が入らないように心
がけた。無理に意味を通じさせようとすることで、訳者の感
性が間に入り、エリチエの感性を直接読者に感じてもらうこ
とを妨げるのを恐れたからだ。しかし、翻訳というのはある
程度論理的に納得できなければ不可能である。それで、欄外
の訳注に「訳者の独り言」を付け加えさせていただいた。も
う一つの工夫は、編集者とも相談して、フランス語の原文を
残したことである。原文を残すことは、訳文を一つ一つ採点
されるようで、居心地の悪いことこのうえもないが、そうす
ることで読者に訳者とは異なる読み方をする自由をもってほ
しいと思った。初めのほうに出てくる Cri s'envole dans le ciel
「叫びは、空のなかに飛んでいく」を例にとると、日本語訳
だけでも、毎年のようにテレビのニュースなどで報道される
「大声大会」などで、遠くを見渡せる小高い場所で発する叫
びが空に飛んでいくのを思い浮かべることもできる。けれど
も、叫びの原語が Cri だと分かり、実際に Cri [kRi] と声に出
して叫んでみると、思わず胸がそり、遠い青空の広がりのな

かを Cri が振動しながら飛んでいくのが見える。もちろん、それとはまったく違う感想をもつことも自由である。読者からのご批判や感想をお待ちしたい。

　さて、二つ目のルジストルには、秘密の意味ではなく、広く一般に用いられている意味をもつ慣用句が登録される。「第一のルジストル」に登録されている語とは逆に、ある特定の文化的領域に属し、同じ言語〔ここではフランス語〕を話す人なら、無意識的に、ほとんど思考に頼ることなく意味を理解し、心を通じ合うことを可能にする表現である。それらは、格言でも諺でも、警句でも隠語でもなく、フランス語話者が共有する文化や具体的な経験に基づいて意思疎通するのに役立っている。しかし、文化の異なるわたしたち日本人にとっては、なかなかそうはいかない。たとえば、se retrouver dans de beaux draps は、直訳すると「再び上等のシーツにくるまれている」なので、「苦労したけれどそれを克服して良い境遇にもどった」というような意味かと思えるが、まったく逆に、《苦境に立つ、進退窮まる》という意味と知り驚いてしまう。新約聖書〔「ルカによる福音書」23 章 11 節〕の、ヘロデがイエスをピラトのもとに送り返す前に白い服を着せたというエピソードのように、「白い布」は西洋の古代や中世では、滑稽な人物や公然と嘲笑の対象とされる人物に着せられるものだったが、さらに比喩的な「黒さ」〔汚れや暗さ〕と「白さ」の対比が逆転して、「美しい」という言葉が「厄介な状況」を表すようになったらしい。けれども、フランス人なら、こう

した言語的な進化について知らなくても、聞いただけで、「習わずして」意味を把握するというのである。

「第二のルジストル」には、こうした慣用句の「ほんの一部分」が示されているが、その数は600を超している。どう訳すべきか迷ったが、「文字通りに捉え、それからより深く理解するのが望ましい」という著者の言葉に従って、最初に文字通りの意味を示し、その後に、慣用句としての意味を《　》で示すことにした*2。それらのすべてが、どうしてそういう意味に変化したのか説明できるわけではないが、いくつかの文献にあたり、訳注を付したので参考にしていただきたい。

短い結論部をなす「ゲームは終わらない」は、直訳すると「ゲームの終了」だが、あえてこう訳した。ここでエリチエは、言葉が、音、色、味、匂い、触覚、さらには内面的・本能的知覚、感情、そして意識的思考を通して、わたしたちに驚くほど複雑で豊かな世界を発見する喜びをもたらしてくれること、こうした宝を埋もれたままにしてはならない、言葉とのゲームを続けてほしいと呼びかけているからだ。

---

*2　とはいえ、一般のフランス人は、「文字通りの」意味はすっ飛ばして、即座に「慣用句としての」意味を理解する。だから、いまとなっては、元々の、「文字通りの」意味が分からないことも多い。そうした慣用句の由来を探すテレビ番組、TF1制作の「おかしな表現」によると、たとえば、本書143頁にある "se faire la belle" の場合、慣用句としての意味《逃げ出す、脱走する》は知っていても、la belle が la belle occasion「好機」の意味で用いられていたことは知らない人が大多数のようだ。cf. https://www.tf1info.fr/societe/video-drole-d-expression-pourquoi-dit-on-se-faire-la-belle-2283846.html

訳者あとがき

　訳者は、これまで、いろいろな翻訳を手掛けてきたが、これほど苦労した翻訳はない。エリチエの個性的なファンタジーを、日本人読者にも味わってほしいと思って始めたことが、逆に彼女を裏切ることになりはしないかと不安になった。読者にも申し訳ない。それでも諦めなかったのは、『人生の塩』で出会って以来、エリチエさんのユーモラスで、時に皮肉もまじった、温かい感性にすっかり魅了されてしまったからだ。読者にも、あなたしか知らない秘密の定義を見つけて、あなただけの世界に遊ぶ楽しさや、慣用句がもたらす他者との感情の共有の喜びを味わっていただけると嬉しい。

　末筆になったが、フランス語に関する時として瑣末なまでの疑問に辛抱強く答えてくださった友人の早稲田大学教授オディール・デュスュッドさん、そして、編集を担当してくださった森富士夫さんに心から感謝の意を表したい。

2025 年初春

　　　　　　　　　　　　　　　　　　　井上たか子

〈著者紹介〉

フランソワーズ・エリチエ（Françoise Héritier）（1933-2017）
フランス社会科学高等研究院研究指導教授、コレージュ・ド・
フランス社会人類学研究室長等を歴任、コレージュ・ド・
フランス名誉教授。全国エイズ審議会初代会長。主な著書
に *Deux sœurs et leur mère*（『二人の姉妹とその母』オディ
ル・ジャコブ社、1993 年）、*Masculin/Féminin*（『男性的な
もの／女性的なもの』オディル・ジャコブ社、Ⅰ，1996 年、
Ⅱ，2002 年）など。

〈訳者紹介〉

井上たか子（いのうえ　たかこ）
獨協大学名誉教授。訳書にシモーヌ・ド・ボーヴォワール『決
定版 第二の性』（共訳、河出文庫、2023 年）、レジャーヌ・
セナック『条件なき平等』（勁草書房、2021 年）、ジゼル・
アリミ、アニック・コジャン共著『ゆるぎなき自由』（勁草
書房、2021 年）、編著に『フランス女性はなぜ結婚しないで
子どもを産むのか』（勁草書房、2012 年）など。

言葉の味
── 人生を豊かにする秘密のゲーム

2025 年 4 月 25 日　初版第 1 刷発行

著　者　　フランソワーズ・エリチエ
訳　者　　井上たか子
発行者　　大　江　道　雅
発行所　　株式会社 明石書店
　　　　　〒101-0021　東京都千代田区外神田6-9-5
電　話　　03（5818）1171
ＦＡＸ　　03（5818）1174
振　替　　00100-7-24505
　　　　　https://www.akashi.co.jp/
装丁　　　明石書店デザイン室
印刷・製本　モリモト印刷株式会社

（定価はカバーに表示してあります）　　　ISBN978-4-7503-5935-9

男性的なもの／女性的なもの I 差異の思考
フランソワーズ・エリチエ著　井上たか子、石田久
仁子監訳　神田浩、横山安由美訳
●5500円

男性的なもの／女性的なもの II 序列を解体する
フランソワーズ・エリチエ著　井上たか子、石田久
仁子訳
●5500円

人生の塩 豊かに味わい深く生きるために
フランソワーズ・エリチエ著　井上たか子、石田久
仁子訳
●1600円

アンダーコロナの移民たち 日本社会の脆弱性があらわれた場所
鈴木江理子編著
●2500円

カタストロフ前夜 パリで3・11を経験すること
関口涼子
●2400円

日本とフランスの カワイイ文化論 なぜ私たちは「かわいく」なければならなかったのか
高馬京子
●3200円

フランス文学を旅する60章
エリア・スタディーズ
野崎歓編著
●2000円

イギリス文学を旅する60章
エリア・スタディーズ
石原孝哉、市川仁編著
●2000円

ガザの光 炎の中から届く声
リフアト・アルアリール他著　ジハード・アブーサリーム、ジェニファー・ビン
グ、マイケル・メリーマン=ロッツェ監修　斎藤フラミヤ訳　早尾貴紀解説
●2700円

誰もが別れる一日
ソ・ユミ著　金みんじょん、宮里綾羽訳
●1700円

私とあなたのあいだ いま、この国で生きるということ
温又柔、木村友祐
●1700円

世界文学としての〈震災後文学〉
木村朗子、アンヌ・バヤール=坂井編著
●5400円

非日常のアメリカ文学 ポスト・コロナの地平を探る
辻和彦、浜本隆三編著
●2700円

アメリカン・ルネッサンス期の先住民作家 ウィリアム・エイプス研究 甦るピークオット族の声
小澤奈美恵著・訳　大島由起子訳
●5200円

張赫宙の日本語文学 植民地朝鮮／帝国日本のはざまで
曺恩美
●4500円

ドイツ俳句と季節の詩
竹田賢治
●3000円

〈価格は本体価格です〉